往昔之梦

沈从文的小说

沈从文 著

江西人民出版社
Jiangxi People's Publishing House
全国百佳出版社

图书在版编目（CIP）数据

往昔之梦 ：沈从文的小说 / 沈从文著. -- 南昌 ：江西人民出版社，2019.5

ISBN 978-7-210-11199-3

Ⅰ. ①往… Ⅱ. ①沈… Ⅲ. ①小说集－中国－现代 Ⅳ. ①I246

中国版本图书馆CIP数据核字(2019)第040983号

往昔之梦：沈从文的小说

沈从文 / 著

责任编辑 / 冯雪松

出版发行 / 江西人民出版社

印刷 / 河北盛世彩捷印刷有限公司

版次 / 2019年5月第1版

2019年5月第1次印刷

880毫米×1230毫米 1/32 8印张

字数 / 180千字

ISBN 978-7-210-11199-3

定价 / 49.80元

赣版权登字-01-2019-59

目录

也有做媳妇不哭的人。萧萧做媳妇就不哭。这女人没有母亲，从小寄养到伯父种田的庄子上，出嫁只是从这家转到那家。因此到那一天这女人还只是笑。

萧萧

乡下人吹唢呐接媳妇，到了十二月是成天有的事情。

唢呐后面一顶花轿，四个伕子平平稳稳地抬着，轿中人被铜锁锁在里面，虽穿了平时不上过身的体面红绿衣裳，也仍然得荷荷大哭。在这些小女人心中，做新娘子，从母亲身边离开，且准备做他人的母亲，从此将有许多事情等待发生。像做梦一样，将同一个陌生男子汉在一个床上睡觉，做着承宗接祖的事情，当然十分害怕，所以照例觉得要哭，就哭了。

也有做媳妇不哭的人。萧萧做媳妇就不哭。这女人没有母亲，从小寄养到伯父种田的庄子上，出嫁只是从这家转到那家。因此到那一天这女人还只是笑。她又不害羞，又不怕。她是什么事也不知道，就做了人家的媳妇了。

萧萧做媳妇时年纪十二岁，有一个小丈夫，年纪三岁。丈夫比她年少九岁，还在吃奶。地方规矩如此，过了门，她喊他做弟弟。她每天应做的事是抱弟弟到村前柳树下去玩，饿了，喂东西吃，哭了，就哄他，摘南瓜花或狗尾草戴到小丈夫头上，或者亲嘴，一面说，“弟弟，哪，啅。再来，啅。”在那满是肮脏的小脸上亲了又亲，孩子于是便笑了。孩子一欢喜，会用短短的小手乱抓萧萧的头发。那是平时不大能收拾蓬蓬松松到头上的黄发。有时垂到脑后一条有红绒绳作结的小辫儿被拉，生气了，就挞那弟弟，弟弟自然哴的哭出声来，萧萧便也装成要哭的样子，用手指着弟弟的哭脸，说，“哪，不讲理，这可不行！”

天晴落雨日子混下去，每日抱抱丈夫，也时常到溪沟里去洗衣，搓尿片，一面还捡拾有花纹的田螺给坐到身边的丈夫玩。到了夜里睡觉，便常常做世界上人所做过的梦，梦到后门角落或别的什么地方捡得大把大把铜钱，吃好东西，爬树，自己变成鱼到水中溜扒，或一时仿佛很小很轻，身子飞到天上众星中，没有一个人，只是一片白，一片金光，于是大喊“妈！”人醒了。醒来心还只是跳。吵了隔壁的人，就骂着，“疯子，你想什么！”却不作声只是咕咕笑着。也有很好很爽快的梦，为丈夫哭醒的事。那丈夫本来晚上在自己母亲身边睡，吃奶方便，但是吃多了奶，或因另外情形，半夜大哭，起来放水拉稀是常有的事。丈夫哭到婆婆不能处置，于是萧萧轻脚轻手爬起床来，眼屎朦胧，走到床边，把人抱起，给他看灯光，看星光。或者仍然啅啅地亲嘴，互相觑着，孩子气的“嗨嗨，看猫呵，”那样喊着哄着。于是丈夫笑了，慢慢地阖上眼。人睡了，放上床，站在床边看着，听远处一传一递的鸡叫，知道天快到什么时候了。于是仍然蜷到小床上睡去。天亮了，虽不做梦，却可以无意中闭眼开眼，看一阵空中黄金颜色变幻无端的葵花。

萧萧嫁过了门，做了拳头大丈夫的媳妇，一切并不比先前受苦，这只看她半年来身体发育就可明白。风里雨里过日子，像一株长在园角落不为人注意的萆麻；大叶大枝，日增茂盛。这小女人简直是全不为丈夫

设想那么似的长大起来了。

夏夜光景说来如做梦。坐到院心，挥摇蒲扇，看天上的星同屋角的萤，听南瓜棚上纺织娘子咯咯咯拖长声音纺车，禾花风翛翛吹到脸上，正是让人在自己方便中说笑话的时候。

萧萧好高，一个人常常爬到草料堆上去，抱了已经熟睡的丈夫在怀里，轻轻地轻轻地随意唱着那使自己也快要睡去的歌。

在院中，公公婆婆，祖父祖母，另外还有帮工汉子两个，散乱地坐，小板凳无一作空。

祖父身边有烟包，在黑暗中放光。这用艾蒿做成的长火绳，是驱逐长脚蚊东西，蜷在祖父脚边，就如一条黑色长蛇。

想起白天场上的事，那祖父开口说话：

“听三金说前天有女学生过身。”

大家就哄然笑了。

这笑的意义何在？只因为大家都知道女学生没有辫子，像个尼姑，穿的衣服又像洋人，吃的，用的，……总而言之一想起来就觉得怪可笑！

萧萧不大明白，她不笑。所以祖父又说话了。他说：

“萧萧，你将来也会做女学生！”

大家于是更哄然大笑起来。

萧萧为人并不愚蠢，觉得这一定是不利于己的一件事情了，所以接口便说：

“我不做女学生！”

“不做可不行。”

“我不做。”

众口一声地说：“非做女学生不行！”

女学生这东西，在本乡的确永远是奇闻。每年热天，据说放“水”

假日子一到，便有三三五五女学生，由一个荒谬不经的热闹地方来，到另一个远地方去，取道从本地过身。从乡下人眼中看来，这些人皆近于另一世界中活下的人，装扮如怪如神，行为也不可思议。这种人过身时，使一村人皆可以说一整天的笑话。

祖父是当地人物，因为想起所知道的女学生在大城中的生活情形，所以说笑话要萧萧也去做女学生。一面听到这话就感觉一种打哈哈趣味，一面还有那被说的萧萧感觉一种惶恐，说这话的不为无意义了。

女学生由祖父方面所知道的是这样一种人：她们穿衣服不管天气冷暖，吃东西不问饥饱，晚上交到子时才睡觉，白天正经事全不做，只知唱歌打球，读洋书。她们一年用的钱可以买十六只水牛。她们在省里京里想往什么地方去时，不必走路，只要钻进一个大匣子中，那匣子就可以带她到地。她们在学校，男女一处上课，人熟了，就随意同那男子睡觉，也不要媒人，也不要财礼，名叫“自由”。她们也做官；做县官，带家眷上任，男子仍然喊作老爷，小孩子叫少爷。她们自己不养牛，却吃牛奶羊奶，如小牛小羊，买那奶时是用铁罐子盛的。她们无事时到一个唱戏地方去，那地方完全像个大庙，从衣袋中取出一块洋钱来（那洋钱在乡下可买五只母鸡），买了一小方纸片儿，拿了那纸片到里面去，就可以坐下看洋人扮演影子戏。她们被冤了，不赌咒，不哭。她们年纪有老到二十四岁还不肯嫁人的，有老到三十四五还好意思嫁人的。她们不怕男子，男子不能使她们受委屈，一受委屈就上衙门打官司，要官罚男子的款，这笔钱她可以同官平分。她们不洗衣煮饭，有了小孩子也只花五块钱或十块钱一月，雇个人专管小孩，自己仍然整天看戏打牌。……

总而言之，说来都希奇古怪，岂有此理。这时经祖父一为说明，听过这话的萧萧，心中却忽然有了一种模模糊糊的愿望，以为倘若她也是个女学生，她是不是照祖父说的女学生一个样子去做那些事？不管好歹，做女学生极有趣味，因此一来却已为这乡下姑娘体念到了。

因为听祖父说起女学生是怎样的人物，到后萧萧独自笑得特别久。笑够了时，她说：

“祖爹，明天有女学生过路，你喊我，我要看。”

“你看，她们捉你去做丫头。”

“我不怕她们。”

“她们读洋书你不怕？”

“我不怕。”

“她们咬人你不怕？”

“也不怕。”

可是这时节萧萧手上所抱的丈夫，不知为什么，在睡梦中哭了，媳妇用做母亲的声势，半哄半吓说：

“弟弟，弟弟，不许哭，不许哭，女学生咬人来了。”

丈夫还仍然哭着，得抱起各处走走。萧萧抱着丈夫离开了祖父，祖父同人说另外一样话去了。

萧萧从此以后心中有个“女学生”。做梦也便常常梦到女学生，且梦到同这些人并排走路。仿佛也坐过那种自己会走路的匣子，她又觉得这匣子并不比自己跑路更快。在梦中那匣子的形体同谷仓差不多，里面有小小灰色老鼠，眼珠子红红的。

因为有这样一段经过，祖父从此喊萧萧不喊“小丫头”，不喊“萧萧”，却唤作“女学生”。在不经意中萧萧答应得很好。

乡下里日子也如世界上一般日子，时时不同。世界上人把日子糟蹋，和萧萧一类人家把日子吝惜是同样的，各人皆有所得，各人皆为命定。城市中文明人，把一个夏天全消磨到软绸衣服精美饮料以及种种好事情上面。萧萧的一家，因为一个夏天，却得了十多斤细麻，二三十担瓜。

做小媳妇的萧萧，一个夏天中，一面照料丈夫，一面还绩了细麻四斤。这时工人摘瓜，在瓜间玩，看硕大如盆上面满是灰粉的大南瓜，成排成堆摆到地上，很有趣味。时间到摘瓜，秋天已来了，院中各处有从屋后林子里树上吹来的大红大黄木叶。萧萧在瓜旁站定，手拿木叶一束，为丈夫编小笠帽玩。

工人中有个名叫花狗，抱了萧萧的丈夫到枣树下去打枣子。小小竹杆打在枣树上，落枣满地。

“花狗大，莫打了，太多了吃不完。”

虽这样喊，还不动身。到后，仿佛完全因为丈夫要枣子，花狗才不听话。萧萧于是又喊她那小丈夫：

“弟弟，弟弟，来，不许捡了。吃多了生东西肚子痛！”

丈夫听话，兜了一堆枣子向萧萧身边走来，请萧萧吃枣子。

“姊姊吃，这是大的。”

“我不吃。”

"要吃一颗！"

她两手哪里有空！木叶帽正在制边，工夫要紧，还正要个人帮忙！

"弟弟，把枣子喂我口里。"

丈夫照她的命令做事，做完了觉得有趣，哈哈大笑。

她要他放下枣子帮忙捏紧帽边，便于添加新木叶。

丈夫照她吩咐做事，但老是顽皮地摇动，口中唱歌。这孩子原来像一只猫，欢喜时就得捣乱。

"弟弟，你唱的是什么？"

"我唱花狗大告我的山歌。"

"好好地唱给我听。"

丈夫于是就唱下去，照所记到的歌唱：

天上起云云起花，包谷林里种豆荚，豆荚缠坏包谷树，娇妹缠坏后生家。

天上起云云重云，地下埋坟坟重坟，娇妹洗碗碗重碗，娇妹床上人重人。

丈夫唱歌中意义全不明白，唱完了就问好不好。萧萧说好，并且问从谁学来的，她知道是花狗教他的，却故意盘问他。

"花狗大告我，他说还有好歌，长大了再教我唱。"

听说花狗会唱歌，萧萧说：

“花狗大，花狗大，您唱一个歌我听听。”

那花狗，面如其心，生长得不很正气，知道萧萧要听歌，人也快到听歌的年龄了，就给她唱“十岁娘子一岁夫”。那故事说的是妻年大，可以随便到外面做一点不规矩事情，夫年小，只知道吃奶，让他吃奶。这歌丈夫完全不懂，懂到一点儿的是萧萧，把歌听过后，萧萧装成“我全明白”那种神气，她用生气的样子，对花狗说：

“花狗大，这个不行，这是骂人的歌！”

花狗分辩说：“不是骂人的歌。”

“我明白，是骂人的歌。”

花狗难得说多话，歌已经唱过了，错了赔礼，只有不再唱。他看她已经有点懂事了，怕她回头告祖父，就把话支开，扯到“女学生”。他问萧萧，看不看过女学生习体操唱洋歌的事情。

若不是花狗提起，萧萧几乎已忘却了这事情。这时又提到女学生，她问花狗近来有不有女学生过路。

花狗一面把南瓜从棚架边抱到墙角去，告她女学生唱歌的事，这些事的来源就是萧萧的那个祖父。他在萧萧面前说了点大话，说他曾经到官路上见过四个女学生，她们都拿得有旗帜，走长路流汗喘气之中仍然唱歌，同军人所唱的一模一样。不消说，这完全是笑话。可是那故事把萧萧可乐坏了。

花狗是会说会笑的一个人。听萧萧带着歆羡口气说：“花狗大，您膀子真大。”他就说：“我不止膀子大。”

“您身个子也大。”

“我全身无处不大。”

到萧萧抱了她的丈夫走去以后，同花狗在一起摘瓜，取名字叫哑叭的，开了平时不常开的口。他说：

“花狗，你少坏点。人家是黄花女，还要等十二年才圆房！”

花狗不做声，打了那伙计一掌，走到枣树下捡落地枣去了。

到摘瓜的秋天，日子计算起来，萧萧过丈夫家有一年了。

几次降霜落雪，几次清明谷雨，都说萧萧是大人了。天保佑，喝冷水，吃粗砺饭，四季无疾病，倒发育得这样快。婆婆虽生来像一把剪，把凡是给萧萧暴长的机会都剪去了，但乡下的日头同空气都帮助人长大，却不是折磨可以阻拦得住。

萧萧十四岁时高如成人，心却还是一颗糊糊涂涂的心。

人大了一点，家中做的事也多了一点。绩麻纺车洗衣照料丈夫以外，打猪草推磨一些事情也要做。还有浆纱织布：两三年来所聚集的粗细麻和纺就的纱，已够萧萧坐到土机上抛三个月的梭子了。

丈夫已断了奶。婆婆有了新儿子，这五岁儿子就像归萧萧独有了。不论做什么，走到什么地方去，丈夫总跟到身边。丈夫有些方面很怕她，当她如母亲，不敢多事。他们俩“感情不坏”。

地方稍稍进步，祖父的笑话转到“萧萧你也把辫子剪去”那一类事上去了。听着这话的萧萧，某个夏天也看过一次女学生了，虽不把祖父笑话认真，可是每一次在祖父说过这笑话以后，她到水边去，必用手捏着辫子末梢，设想没有辫子的人那种神气，那点趣味。

因为打猪草，带丈夫上螺蛳山的山阴是常有的事。

小孩子不知事，听别人唱歌也唱歌。一唱歌，就把花狗引来了。

花狗对萧萧生了另外一种心，萧萧有点明白了，常常觉得惶恐。但花狗是男子，凡是男子的美德恶德皆不缺少，所以一面使萧萧的丈夫非常欢喜同他玩，一面一有机会即缠在萧萧身边，且总是想方设法把萧萧那点惶恐减去。

山大人小，平时不知道萧萧所在，花狗就站在高处唱歌逗萧萧身边的丈夫，丈夫小口一开，花狗穿山越岭就来到萧萧面前了。

见了花狗，小孩子只有欢喜，不知其他。他原要花狗为他编草虫玩，做竹箫哨子玩，花狗想方法支使他到一个远处去，便坐到萧萧身边来，要萧萧听他唱那使人红脸的歌。她有时觉得害怕，不许丈夫走开；有时又像有了花狗在身边，打发丈夫走去也好一点。终于有一天，萧萧就给花狗变成了妇人了。

那时节，丈夫走到山下采刺莓去了，花狗唱了许多歌，到后却向萧萧说，我想了你二三年。他又说，我为你睡不着觉。他又说，我赌咒不把这事情告给人。听了这些话仍然不懂什么的萧萧，眼睛只注意到他那一对膀子，耳朵只注意到他最后一句话。末了花狗大便又唱歌给她听，她心里乱了。她要他当真对天赌咒，赌了咒，一切好像有了保障，她就一切尽他了。到丈夫返身时，手被毛毛虫螫伤，肿了一片，走到萧萧身边，萧萧捏紧这一只小手，且用口去呵它，吮它，想起刚才的糊涂，才仿佛明白做了一点糊涂事。

花狗诱她做坏事情是麦黄四月，到六月，李子熟了，她欢喜吃生李子。她觉得身体有点特别，碰到花狗，就将这事情告给他，问他怎么办。

讨论了多久，花狗全无主意。虽以前自己当天赌得有咒，也仍然无主意。这家伙个子大，胆量小，个子大容易做错事，胆量小做了错事就想不出办法。

到后，萧萧捏着自己那条辫子，想起城里了。她说：

“花狗，我们到城里去过日子，不好么？”

“那怎么行？到城里去做什么？”

“我肚子大了。”

“我们找药去。”

“我想……”

“你想逃？”

“我想逃吗？我想死！”

“我赌咒不辜负你。”

“负不负我有什么用，帮我个忙，拿去肚子里这块肉吧。我害怕！”

花狗不再做声，过了一会，便走开了。不久丈夫从他处回来，见萧萧一个人坐在草地上哭，眼睛红红的，丈夫心中纳罕。看了一会，问萧萧：

“姊姊，为什么哭？”

“不为什么，灰尘落到眼睛里，痛。”

“你瞧我，得这些这些。”

他把从溪中捡来的小蚌小石头陈列萧萧面前，萧萧泪眼看了一会，笑着说：“弟弟，我们要好，我哭你莫告家中。”到后这事情家中当真就无人知道。

第二天，花狗不辞而行，把自己所有的衣裤都拿去了。祖父问同住的哑叭知不知道他为什么走路，走哪儿去。哑叭只是摇头，说，花狗还欠了他两百钱，临走时话都不留一句，为人少良心。哑叭说他自己的话，并没有把花狗走的理由说明，因此这一家希奇一整天，谈论一整天。不过这工人既不偷走物件，又不拐带别的，这事过后不久自然也就把他忘了。

萧萧仍然是往日的萧萧。她能够忘记花狗，就好了。但是肚子真有些不同了，肚中东西使她常常一个人干发急，尽做怪梦。

她脾气坏了一点，这坏处只有丈夫知道，因为她对丈夫似乎严厉苛刻了好些。

仍然每天同丈夫在一处，她的心，想到的事自己也不十分明白。她常想，我现在死了，什么都好了。可是为什么要死？她还很高兴活下去，愿意活下去。

家中人不拘谁在无意中提起关于丈夫弟弟的话，提起小孩子，提起花狗，都像使这话如拳头，在萧萧胸口上重重一击。

到八月，她担心人知道更多了，引丈夫庙里去玩，就私自许愿，吃了一大把香灰。吃香灰被她丈夫见到了，丈夫问这是做什么事，萧萧就说这是肚痛，应当吃这个。萧萧自然说谎。虽说求菩萨保佑，菩萨当然没有如她的希望，肚子中长大的东西仍在慢慢地长大。

她又常常往溪里去喝冷水，给丈夫见到了，丈夫问她她就说口渴。

一切她所想到的方法都没有能够使她与自己不欢喜的东西分开。大肚子只有丈夫一人知道，他却不敢告这件事给父母晓得。因为时间长久，年龄不同，丈夫有些时候对于萧萧的怕同爱，比对于父母还深切。

她还记得那花狗赌咒那一天里的事情，如同记着其他事情一样。到秋天，屋前屋后毛毛虫更多了，丈夫像故意折磨她一样，常常提起几个月前被毛毛虫所螫的话，使萧萧难过。她因此极恨毛毛虫，见了那小虫就想用脚去踹。

有一天，又听人说有好些女学生过路，听过这话的萧萧，睁了眼做过一阵梦，愣愣地对日头出处痴了半天。

萧萧步花狗后尘，也想逃走，收拾一点东西预备跟了女学生走的那条路上城。但没有动身，就被家里人发觉了。

家中追究这逃走的根源，才明白这个十年后预备给小丈夫生儿子继香火的萧萧肚子，已被另外一个人抢先下了种。这真是了不得的大事。一家人的平静生活为这一件事全弄乱了。生气的生气，流泪的流泪。悬梁，投水，吃毒药，诸事萧

萧全想到了，年纪太小，舍不得死，却不曾做。于是祖父想出了个聪明主意，把萧萧关在房里，派两人好好看守着，请萧萧本族的人来说话，看是沉潭还是发卖？萧萧家中人要面子，就沉潭淹死，舍不得死就发卖。萧萧既只有一个伯父，在近处庄子里为人种田，去请他时先还以为是吃酒，到了才知道是这样丢脸事情，弄得这家长手足无措。

大肚子作证，什么也没有可说。伯父不忍把萧萧沉潭，萧萧当然应当嫁人作二路亲了。

这处罚好像也极其自然，照习惯受损失的是丈夫家里，然而却可以在改嫁上收回一笔钱，当作赔偿损失的数目。那伯父把这事告给了萧萧，就要走路。萧萧拉着伯父衣角不放，只是幽幽地哭，伯父摇了一会头，一句话不说，仍然走了。

没有相当的人家来要萧萧，就仍然在丈夫家中住下。这件事情既经说明白，倒又像不什么要紧，大家反而释然了。先是小丈夫不能再同萧萧在一处，到后又仍然如月前情形，姊弟一般有说有笑地过日子了。

丈夫知道了萧萧肚子中有儿子的事情，又知道因为这样萧萧才应当嫁到远处去。但是丈夫并不愿意萧萧去，萧萧自己也不愿意去，大家全莫名其妙，像逼到要这样做，不得不做。

在等候主顾来看人，等到十二月，还没有人来。

萧萧次年二月间，坐草生了一个儿子，团头大眼，声响宏壮，大家把母子二人照料得好好的，照规矩吃蒸鸡同江米酒补血，烧纸谢神。一家人都欢喜那儿子。

生下的既是儿子，萧萧不嫁别处了。

到萧萧正式同丈夫拜堂圆房时，儿子年纪十岁，已经能看牛割草，成为家中生产者一员了。平时喊萧萧丈夫做大叔，大叔也答应，从不生气。

这儿子名叫牛儿。牛儿十二岁时也接了亲，媳妇年长六岁。媳妇年纪大，方能诸事作帮手，对家中有帮助。唢呐吹到门前时，新娘在轿中呜呜地哭着，忙坏了那个祖父，曾祖父。

这一天，萧萧抱了自己新生的月毛毛，却在屋前榆蜡树篱笆看热闹，同十年前抱丈夫一个样子。

到了冬天，那个圮坍了的白塔，又重新修好了。可是那个在月下唱歌，使翠翠在睡梦里为歌声把灵魂轻轻浮起的青年人还不曾回到茶峒来。

边城

题记

对于农人与兵士，怀了不可言说的温爱，这点感情在我一切作品中，随处都可以看出。我从不隐讳这点感情。我生长于作品中所写到的那类小乡城，我的祖父，父亲，以及兄弟，全列身军籍；死去的莫不在职务上死去，不死的也必然地将在职务上终其一生。就我所接触的世界一面，来叙述他们的爱憎与哀乐，即或这枝笔如何笨拙，或尚不至于离题太远。因为他们是正直的，诚实的，生活有些方面极其伟大，有些方面又极其平凡，性情有些方面极其美丽，有些方面又极其琐碎，——我动手写他们时，为了使其更有人性、更近人情，自然便老老实实地写下去。但因此一来，这作品或者便不免成为一种无益之业了。因为它对于在都市中生长教育的读书人说来，似乎相去太远了。他们的需要应当是另外一种作品，我知道的。

照目前风气说来，文学理论家，批评家，及大多数读者，对于这种作品是极容易引起不愉快的感情的。前者表示“不落伍”，告给人中国不需要这类作品，后者“太担心落伍”，目前也不愿意读这类作品。这自然是真事。“落伍”是什么？一个有点理性的人，也许就永远无法明白，但多数人谁不害怕“落伍”，我有句话想说：“我这本书不是为这种多数人而写的。”大凡念了三五本关于文学理论文学批评问题的洋装书籍，或同时还念过一大堆古典与近代世界名作的人，他们生活的经验，却常常不许可他们在“博学”之外，还知道一点点中国另外一个地方另外一种事情。因此这个作品即或与当前某种文学理论相符合，批评家便加以各种赞美，这种批评其实仍然不免成为作者的侮辱。他们既并不想明白这个民族真正的爱憎与哀乐，便无法说明这个作品的得失，——这本书不是为他们而写的。至于文艺爱好者呢，或是大学生，或是中学生，分布于国内人口较密的都市中，常常很诚实天真地把一部分极可宝贵的时间，来阅读国内新近出版的文学书籍。他们为一些理论家，批评家，聪明出版家，以及习惯于说谎造谣的文坛消息家，同力协作造成一种习气所控制，所支配，他们的生活，同时又实在与这个作品所提到的世界相去太远了。——他们不需要这种作品，这本书也就并不希望得到他们。理论家有各国出版物中的文学理论可以参证，不愁无话可说；批评家有他们欠了点儿小恩小怨的作家与作品，够他们去毁誉一世。大多数的读者，不问趣味如何、信仰如何，皆有作品可读。正因为关心读者大众，不是便有许多人，据说为读者大众，水远如陀螺在那里转变吗？这本书的出版，即或并不为领导多数的理论家与批评家所弃，被领导的多数读者又并不完全放弃它，但本书作者，却早已存心把这个“多数”放弃了。

我这本书只预备给一些“本身已离开了学校，或始终就无从接近学校，还认识些中国文字，置身于文学理论，文学批评，以及说谎造谣消息所达不到的那种职务上，在那个社会里生活，而且极关心全个民族在空间与时间下所有的好处与坏处”的人去看。他们真知道当前农村是什么，想知道过去农村有什么，他们必也愿意从这本书上同时还知道点世界一小角隅的农村与军人。我所写到的世界，即或在他们全然是一个陌生的世界，然而他们的宽容，他们向一本书去求取安慰与知识的热忱，却一定使他们能够把这本书很从容读下去的。我并不即此而止，还预备给他们一种对照的机会，将在另外一个作品里，来提到二十年来的内战，使一些首当其冲的农民，性格灵魂被大力所压，失去了原来的朴质，勤俭，和平，正直的型范以后，成了一个什么样子的新东西。他们受横征暴敛以及鸦片烟的毒害，变成了如何贫困与懒惰！我将把这个民族为历史所带走向一个不可知的命运中前进时，一些小人物在变动中的忧患，与由于营养不足所产生的“活下去”以及“怎样活下去”的观念和欲望，来作朴素的叙述。我的读者应是有理性，而这点理性便基于对中国现社会变动有所关心，认识这个民族的过去伟大处与目前堕落处，各在那里很寂寞地从事于民族复兴大业的人。这作品或者只能给他们一点怀古的幽情，或者只能给他们一次苦笑，或者又将给他们一个噩梦，但同时说不定，也许尚能给他们一种勇气同信心！

二十三年四月二十四日记

新题记

民十随部队入川，由茶峒过路，住宿二日，曾从有马粪城门口至城中二次，驻防一小庙中，至河街小船上玩数次。开拔日微雨，约四里始过渡，闻杜鹃极悲哀。是日翻上棉花坡，约高上二十五里，半路见路劫致死者数人。山顶堡砦已焚毁多日。民二十二至青岛崂山北九水路上，见村中有死者家人“报庙”行列，一小女孩奉灵幡引路。因与兆和约，将写一故事引入所见。

九月至平结婚，即在达子营住处小院中，用小方桌在树荫下写第一章。在《国闻周报》发表。入冬近湘看望母亲，来回四十天，在家乡三天，回到北平续写。二十三年母亲死去，书出版时心中充满悲伤。二十年来生者多已成生成土，死者在生人记忆中亦淡如烟雾，惟书中人与个人生命成一希奇结合，俨若可以不死，其实作品能不死，当为其中有几个人在个人生命中影响，和几种印象在个人生命中影响。

从文　卅七年北平

一

由四川过湖南去，靠东有一条官路。这官路将近湘西边境到了一个地方名为“茶峒”的小山城时，有一小溪，溪边有座白色小塔，塔下住了一户单独的人家。这人家只一个老人，一个女孩子，一只黄狗。

小溪流下去，绕山岨流，约三里便汇入茶峒大河。人若过溪越小山走去，则只一里路就到了茶峒城边。溪流如弓背，山路如弓弦，故远近有了小小差异。小溪宽约廿丈，河床为大片石头作成。静静的河水即或深到一篙不能落底，却依然清澈透明，河中游鱼来去皆可以计数。小溪既为川湘来往孔道，限于财力不能搭桥，就安排了一只方头渡船。这渡船一次连人带马，约可以载二十位搭客过河，人数多时则反复来去。渡船头竖了一枝小小竹竿，挂着一个可以活动的铁环，溪岸两端水面横牵了一段废缆，有人过渡时，把铁环挂在废缆上，船上人就引手攀缘那条缆索，慢慢地牵船过对岸去。船将拢岸时，管理这渡船的，一面口中嚷着"慢点慢点"，自己霍地跃上了岸，拉着铁环，于是人货牛马全上了岸，翻过小山不见了。渡头为公家所有，故过渡人不必出钱。有人心中不安，抓了一把钱掷到船板上时，管渡船的必为一一拾起，依然塞到那人手心里去，俨然吵嘴时的认真神气："我有了口粮，三斗米，七百钱，够了。谁要这个！"

但不成，凡事求个心安理得，出气力不受酬谁好意思，不管如何还是有人要把钱的。管船人却情不过，也为了心安起见，便把这些钱托人到茶峒去买茶叶和草烟，将茶峒出产的上等草烟，一扎一扎挂在自己腰带边，过渡的谁需要这东西必慷慨奉赠。有时从神气上估计那远路人对于身边草烟引起了相当的注意时，这弄渡船的便把一小束草烟扎到那人包袱上去，一面说："大哥，不吸这个吗？这好的，这妙的，看样子不成材，巴掌大叶子，味道蛮好，送人也很合式！"茶叶则在六月里放进大缸里去，用开水泡好，给过路人随意解渴。

管理这渡船的，就是住在塔下的那个老人。活了七十年，从二十岁起便守在这小溪边，五十年来不知把船来去渡了若干人。年纪虽那么老了，骨头硬硬的，本来应当休息了，但天不许他休息，他仿佛便不能够同这一分生活离开。他从不思索自己职务对于本人的意义，只是静静地很忠实地在那里活下去。代替了天，使他在日头升起时，感到生活的力量，当日头落下时，又不至于思量与日头同时死去的，是那个伴在他身旁的女孩子。他唯一的朋友是一只渡船和一只黄狗，唯一的亲人便只那个女孩子。

女孩子的母亲，老船夫的独生女，十五年前同一个茶峒军人唱歌相熟后，很秘密地背着那忠厚爸爸发生了暧昧关系。有了小孩子后，这屯戍军士便想约了她一同向下游逃去。但从逃走的行为上看来，一个违悖了军人的责任，一个却必得离开孤独的父亲。经过一番考虑后，屯戍兵见她无远走勇气，自己也不便毁去做军人的名誉，就心想：一同去生既无法聚首，一同去死应当无人可以阻拦，首先服了毒。女的却关心腹中的一块肉，不忍心，拿不出主张。事情业已为做渡船夫的父亲知道，父亲却不加上一个有分量的字眼儿，只作为并不听到过这事情一样，仍然把日子很平静地过下去。女儿一面怀了羞惭，一面却怀了怜悯，依旧守在父亲身边。待到腹中小孩生下后，却到溪边故意吃了许多冷水死去了。在一种奇迹中，这遗孤居然已长大成人，一转眼间便十三岁了。为了住处两山多篁竹，翠色逼人而来，老船夫随便给这个可怜的孤雏拾取了一个近身的名字，叫作“翠翠”。

翠翠在风日里长养着，故把皮肤变得黑黑的，触目为青山绿水，故眸子清明如水晶。自然既长养她且教育她，为人天真活泼，处处俨然如一只小兽物。人又那么乖，如山头黄麂一样，从不想到残忍事情，从不发愁，从不动气。平时在渡船上遇陌生人对她有所注意时，便把光光的眼睛瞅着那陌生人，作成随时皆可举步逃入深山的神气，但明白了面前的人无机心后，就又从从容容地在水边玩耍了。

老船夫不论晴雨，必守在船头。有人过渡时，便略弯着腰，两手缘引了竹缆，把船横渡过小溪。有时疲倦了，躺在临溪大石上睡着了，人在隔岸招手喊过渡，翠翠不让祖父起身，就跳下船去，很敏捷地替祖父把路人渡过溪，一切皆溜刷在行，从不误事。有时又与祖父黄狗一同在船上，过渡时与祖父一同动手牵缆索。船将近岸边，祖父正向客人招呼“慢点，慢点”时，那只黄狗便口衔绳子，最先一跃而上，且俨然懂得如何方为尽职似的，把船绳紧衔着拖船拢岸。

风日清和的天气，无人过渡，镇日长闲，祖父同翠翠便坐在门前大岩石上晒太阳。或把一段木头从高处向水中抛去，嗾（sǒu）使身边黄狗从岩石高处跃下，把木头衔回来。或翠翠与黄狗皆张着耳朵，听祖父说些城中多年以前的战争故事。或祖父同翠翠两人，各把小竹做成的竖笛，逗在嘴边吹着迎亲送女的曲子。过渡人来了，老船夫放下了竹管，独自跟到船边去，横溪渡人，

在岩上的一个，见船开动时，于是锐声喊着：

“爷爷，爷爷，你听我吹——你唱！”

爷爷到溪中央便很快乐地唱起来，哑哑的声音同竹管声，振荡在寂静空气里，溪中仿佛也热闹了些。实则歌声的来复，反而使一切更寂静。

有时过渡的是从川东过茶峒的小牛，是羊群，是新娘子的花轿，翠翠必争着做渡船夫，站在船头，懒懒地攀引缆索，让船缓缓地过去。牛羊花轿上岸后，翠翠必跟着走，送队伍上山，站到小山头，目送这些东西走去很远了，方回转船上，把船牵靠近家的岸边。且独自低低地学小羊叫着，学母牛叫着，或采一把野花缚在头上，独自装扮新娘子。

茶峒山城只隔渡头一里路，买油买盐时，逢年过节祖父得喝一杯酒时，祖父不上城，黄狗就伴同翠翠入城里去备办东西。到了卖杂货的铺子里，有大把的粉条，大缸的白糖，有炮仗，有红蜡烛，莫不给翠翠一种很深的印象，回到祖父身边，总把这些东西说个半天。那里河边还有许多船，比起渡船来全大得多，有趣味得多，翠翠也不容易忘记。

二

茶峒地方凭水依山筑城，近山一面，城墙俨然如一条长蛇，缘山爬去。临水一面则在城外河边留出余地设码头，湾泊小小篷船。船下行时运桐油、青盐、染色的五棓子。上行则运棉花、棉纱以及布匹、杂货同海味。贯串各个码头有一条河街，人家房子多一半着陆，一半在水，因为余地有限，那些房子莫不设有吊脚楼。河中涨了春水，到水脚逐渐进街后，河街上人家，便各用长长的梯子，一端搭在自家屋檐口，一端搭在城墙上，人人皆骂着嚷着，带了包袱、铺盖、米缸，从梯子上进城里去，等待水退时，方又从城门口出城。某一年水若来得特别猛一些，沿河吊脚楼，必有一处两处为大水冲去，大家皆在城上头呆望。受损失的也同样呆望着，对于所受的损失仿佛无话可说，与在自然安排下，眼见其他无可挽救的不幸来时相似。涨水时在城上还可望着骤然展宽的河面，流水浩浩荡荡，随同山水从上游浮沉而来的有房子、牛、羊、大树。于是在水势较缓处，税关趸船前面，便常常有人驾了小舢板，一见河心浮沉而来的是一匹牲畜，一段小木，或一只空船，船上有一个妇人或一个小孩哭喊的声音，便急急地把船桨去，在下游一些迎着了那个目的物，把它用长绳系定，再向岸边桨去。这些诚实勇敢的人，也爱利，也仗义，同一般当地人相似。不拘救人救物，却同样在一种愉快冒险行为中，做得十分敏捷勇敢，使人见及不能不为之喝彩。

那条河水便是历史上知名的酉水，新名字叫作白河。白河到辰州与沅水汇流后，便略显浑浊，有出山泉水的意思。若溯流而上，则三丈五丈的深潭皆清澈见底。深潭中为白日所映照，河底小小白石子，有花纹的玛瑙石子，全看得明明白白。水中游鱼来去，皆如浮在空气里。两岸多高山，山中多可以造纸的细竹，长年作深翠颜色，迫人眼目。近水人家多在桃杏花里，春天时只需注意，凡有桃花处必有人家，凡有人家处必可沽酒。夏天则晒晾在日光下耀目的紫花布衣裤，可以作为人家所在的旗帜。秋冬来时，人家房屋在悬崖上的，滨水的，无不朗然入目。黄泥的墙，乌黑的瓦，位置却永远那么妥贴，且与四围环境极其调和，使人迎面得到的印象，实在非常愉快。一个对于诗歌图画稍有兴味的旅客，在这小河中，蜷伏于一只小船上，作三十天的旅行，必不至于感到厌烦。正因为处处有奇迹可以发现，自然的大胆处与精巧处，无一地无一时不使人神往倾心。

白河的源流，从四川边境而来，从白河上行的小船，春水发时可以直达川属的秀山。但属于湖南境界的，茶峒算是最后一个水码头。这条河水的河面，在茶峒时虽宽约半里，当秋冬之际水落时，河床流水处还不到二十丈，其余只是一滩青石。小船到此后，既无从上行，故凡川东的进出口货物，皆从这地方落水起岸。出口货物俱由脚夫用桑木扁担压在肩膊上挑抬而来，入口货物莫不从这地方成束成担地用人力搬去。

这地方城中只驻扎一营由昔年绿营屯丁改编而成的戍兵，及五百家左右的住户。（这些住户中，除了一部分拥有了些山田同油坊，或放账屯油、屯米、屯棉纱的小资本家外，其余多数皆为当年屯戍来此有军籍的人家。）地方还有个厘金局，办事机关在城外河街下面小庙里，局长则长住城中。一营兵士驻扎老参将衙门，除了号兵每天上城吹号玩，使人知道这里还驻有军队以外，兵士皆仿佛并不存在。冬天的白日里，到城里去，便只见各处人家门前皆晾晒有衣服同青菜。红薯多带藤悬挂在屋檐下。用棕衣做成的口袋，装满了栗子、榛子和其他硬壳果，也多悬挂在檐口下。屋角隅各处有大小鸡叫着玩着。间或有什么男子，占据在自己屋前门限上锯木，或用斧头劈树，把劈好的柴堆到敞坪里去如一座一座宝塔。又或可以见到几个中年妇人，穿了浆洗得极硬的蓝布衣裳，胸前挂有白布扣花围裙，躬着腰在日光下一面说话一面做事。一切总永远那么静寂，所有人民每个日子皆在这种不可形容的单纯寂寞里过去。一分安静增加了人对于“人事”的思索力，增加了梦。在这小城中生存的，各人自然也一定皆各在分定一份日子里，怀了对于人事爱憎必然的期待。但这些人想些什么？谁知道。住在城中较高处，门前一站便可以眺望对河以及河中的景致，船来时，远远地就从对河滩上看着无数纤夫。那些纤夫也有从下游地方，带了细点心洋糖之类，拢岸时却拿进城中来换钱的。船来时，小孩子的想象，应当在那些拉船人一方面。大人呢，孵一窠小鸡，养两只猪，托下行船夫打副金耳环，带两丈官青布，或一坛好酱油，一个双料的美孚灯罩回来，便占去了大部分做主妇的心了。

这小城里虽那么安静和平，但地方既为川东商业交易接头处，故城外小小河街，情形却不同了一点。也有商人落脚的客店，坐镇不动的理发馆。此外饭店、杂货铺、油行、盐栈、花衣庄，莫不各有一种地位，装点了这条河街。还有卖船上檀木活车、竹缆与锅罐铺子，介绍水手职业吃码头饭的人家。小饭店门前长案上，常有煎得焦黄的鲤鱼豆腐，身上装饰了红辣椒丝，卧在浅口钵头里。钵旁大竹筒中插着大把朱红筷子，不拘谁个愿意花点钱，这人就可以傍了门前长案坐下来，抽出一双筷子捏到手上，那边一个眉毛扯得极细脸上擦了白粉的妇人，就走过来问："大哥，副爷，要甜酒？要烧酒？"男子火焰高一点的，谐趣的，对内掌柜有点意思的，必故意装成生气似的说："吃甜酒？又不是小孩子，还问人吃甜酒！"那么，酽冽的烧酒，从大瓮里用木滤子舀出，倒进土碗里，即刻就来到身边案桌上了。这烧酒自然是浓而且香的，能醉倒一个汉子的，所以照例也不会多吃。杂货铺卖美孚油，及点美孚油的洋灯与香烛纸张。油行屯桐油。盐栈堆四川火井出的青盐。花衣庄则有白棉纱、大布、棉花以及包头的黑绉绸出卖。卖船上用物的，百物罗列，无所不备，且间或有重至百斤以外的铁锚，搁在门外路旁，等候主顾问价的。专以介绍水手为事业，吃水码头饭的，在河街的家中，终日大门必敞开着，常有穿青羽缎马褂的船主与毛手毛脚的水手进出，地方像茶馆却不卖茶，不是烟馆又可以抽烟。来到这里的，虽说所谈的是船上生意经，然而船只的上下，划船拉纤人大都有个一定规矩，不必作数目上的讨论。他们来到这里大多数倒是在"联欢"。以"龙头管事"作中心，谈论点本地时事、两省商务上情形，以及下游的"新闻"。邀会的，集款时大多数皆在此地；扒骰子看点数多少轮作会首时，也常常在此举行。真真成为他们生意经的，有两件事：买卖船只，买卖媳妇。

大都市随了商务发达而产生的某种寄食者，因为商人的需要，水手的需要，这小小的边城河街，也居然有那么一群人，聚集在一些有吊脚楼的人家。这种小妇人不是从附近乡下弄来，便是随同川军来湘流落后的妇人。穿了假洋绸的衣服，印花标布的裤子，把眉毛扯得成一条细线，大大的发髻上敷了香味极浓俗的油类。白日里无事，就坐在门口小凳子上做鞋子，在鞋尖上用红绿丝线挑绣双凤，一面看过往行人，消磨长日。或靠在临河窗口上看水手起货，听水手爬桅子唱歌。到了晚间，却轮流地接待商人同水手，切切实实尽一个妓女应尽的义务。

由于边地的风俗淳朴，便是做妓女，也永远那么浑厚，遇不相熟的主顾，做生意时得先交钱，数目弄清楚后，再关门撒野。人既相熟后，钱便在可有可无之间了。妓女多靠四川商人维持生活，但恩情所结，却多在水手方面。感情好的，别离时互相咬着嘴唇咬着颈脖发了誓，约好了“分手后各人皆不许胡闹”；四十天或五十天，在船上浮着的那一个，同在岸上蹲着的这一个，便皆呆着打发这一堆日子，尽把自己的心紧紧缚定远远的一个人。尤其是妇人，感情真挚痴到无可形容，男子过了约定时间不回来，做梦时，就总常常梦船拢了岸，那一个人摇摇荡荡地从船跳板到了岸上，直向身边跑来。或日中有了疑心，则梦里必见那个男子在桅上向另一方面唱歌，却不理会自己。性格弱一点儿的，接着就在梦里投河吞鸦片烟，性格强一点儿的，便手执菜刀，直向那水手奔去。他们生活虽那么同一般社会疏远，但是眼泪与欢乐，在一种爱憎得失间，揉进了这些人生活里时，也便同另外一片土地另外一些人相似，全个身心为那点爱憎所浸透，见寒作热，忘了一切。若有多少不同处，不过是这些人更真切一点，也更于糊涂一点罢了。短期的包定，长期的嫁娶，一时间的关门，这些关于一个女人身体上的交易，由于民情的淳朴，身当其事的不觉得如何下流可耻，旁观者也就从不用读书人的观念，加以指摘与轻视。这些人既重义轻利，又能守信自约，即便是娼妓，也常常较之知羞耻的城市中人还更可信任。

掌水码头的名叫顺顺，一个前清时便在营伍中混过日子来的人物，革命时在著名的陆军四十九标做个什长。同样做什长的，有因革命成了伟人名人的，有杀头碎尸的，他却带着少年喜事得来的脚疯痛，回到了家乡，把所积蓄的一点钱，买了一条六桨白木船，租给一个穷船主，代人装货在茶峒与辰州之间来往。气运好，半年之内船不坏事，于是他从所赚的钱上，又讨了一个略有产业的白脸黑发小寡妇。因此一来，数年后，在这条河上，他就有了八只船，一个妻子，两个儿子了。

但这个大方洒脱的人，事业虽十分顺手，却因欢喜交朋结友，慷慨而又能济人之急，便不能同贩油商人一样大大发作起来。自己既在粮子里混过日子，明白出门人的甘苦，理解失意人的心情，故凡船只失事破产的船家，过路的退伍兵士，游学文墨人，凡到了这个地方，闻名求助的，莫不尽力帮助。一面从水上赚来钱，一面就这样洒脱散去。这人虽然脚上有点小毛病，还能泅水；走路难得其平，为人却那么公正无私。水面上各事原本极其简单，一切都为一个习惯所支配，谁个船碰了头，谁个船妨害了别一人别一只船的利益，照例有习惯方法来解决。惟运用这种习惯规矩排调一切的，必需一个高年硕德的中心人物。某年秋天，那原来执事人死去了，顺顺做了这样一个代替者。那时他还只五十岁，为人既明事明理，正直和平，又不爱财，故无人对他年龄怀疑。

到如今，他的儿子大的已十六岁，小的已十四岁。两个年轻人皆结实如小公牛，能驾船，能泅水，能走长路。凡从小乡城里出身的年轻人所能够做的事，他们无一不做，做去无一不精。年纪较长的，性情如他们爸爸一样，豪放豁达，不拘常套小节。年幼的则气质近于那个白脸黑发的母亲，不爱说话，眼眉却秀拔出群，一望即知其为人聪明而又富于感情。

两兄弟既年已长大，必需在各一种生活上来训练他们的人格，做父亲的就轮流派遣两个小孩子各处旅行。向下行船时，多随了自己的船只充伙计，甘苦与人相共。荡桨时选最重的一把，背纤时拉头纤二纤，吃的是干鱼、辣子、臭酸菜，睡的是硬帮帮的舱板。向上行从旱路走去，则跟了川东客货，过秀山、龙潭、酉阳做生意，不论寒暑雨雪，必穿了草鞋按站赶路。且佩了短刀，遇不得已必需动手，便霍的把刀抽出，站到空阔处去，等候对面的一个，继着就同这个人用肉搏来解决。帮里的风气，既为“对付仇敌必需用刀，联结朋友也必需用刀”，故需要刀时，他们也就从不让它失去那点机会。学贸易，学应酬，学习到一个新地方去生活，且学习用刀保护身体同名誉，教育的目的，似乎在使两个孩子学得做人的勇气与义气。一分教育的结果，弄得两个人皆结实如老虎，却又和气亲人，不骄惰，不浮华，不倚势凌人。故父子三人在茶峒

边境上为人所提及时，人人对这个名姓无不加以一种尊敬。

做父亲的当两个儿子很小时，就明白大儿子一切与自己相似，却稍稍见得溺爱那第二个儿子。由于这点不自觉的私心，他把长子取名天保，次子取名傩送。天保佑的在人事上或不免有龃龉处，至于傩神所送来的，照当地习气，人便不能稍加轻视了。傩送美丽得很。茶峒船家人拙于赞扬这种美丽，只知道为他取出一个诨名为“岳云”。虽无什么人亲眼看到过岳云，一般的印象，却从戏台上小生岳云，得来一个相近的神气。

三

两省接壤处，十余年来主持地方军事的，注重在安辑保守，处置极其得法，并无变故发生。水陆商务既不至于受战争停顿，也不至于为土匪影响，一切莫不极有秩序，人民也莫不安分乐生。这些人，除了家中死了牛，翻了船，或发生别的死亡大变，为一种不幸所绊倒，觉得十分伤心外，中国其他地方正在如何不幸挣扎中的情形，似乎就永远不曾为这边城人民所感到。

边城所在一年中最热闹的日子，是端午、中秋与过年。三个节日过去三五十年前，如何兴奋了这地方人，直到现在，还毫无什么变化，仍是那地方居民最有意义的几个日子。

端午日，当地妇女小孩子，莫不穿了新衣，额角上用雄黄蘸酒画了个王字。任何人家到了这天必可以吃鱼吃肉。大约上午十一点钟左右，全茶峒人就吃了午饭，把饭吃过后，在城里住家的，莫不倒锁了门，全家出城到河边看划船。河街有熟人的，可到河街吊脚楼门口边看，不然就站在税关门口与各个码头上看。河中龙船以长潭某处作起点，税关前作终点作比赛竞争。因为这一天军官、税官以及当地有身分的人，莫不在税关前看热闹。划船的事各人在数天以前就早有了准备，分组分帮，各自选出了若干身体结实手脚伶俐的小伙子，在潭中练习进退。船只的形式，与平常木船大不相同，形体一律又长又狭，两头高高翘起，船身绘着朱红颜色长线，平常时节多搁在河边干燥洞穴里，要用它时，拖下水去。每只船可坐十二个到十八个桨手，一个带头的，一个鼓手，一个锣手。桨手每人持一支短桨，随了鼓声缓促为节拍，把船向前划去。带头的坐在船头上，头上缠裹着红布包头，手上拿两枝小令旗，左右挥动，指挥船只的进退。擂鼓打锣的，多坐在船只的中部，船一划动便即刻蓬蓬铛铛把锣鼓很单纯地敲打起来，为划桨水手调理下桨节拍。一船快慢既不得不靠鼓声，故每当两船竞赛到剧烈时，鼓声如雷鸣，加上两岸人呐喊助威，便使人想起小说故事上梁红玉老鹳河时水战擂鼓。牛皋水擒杨么时也是水战擂鼓。凡把船划到前面一点的，必可在税关前领赏。一匹红，一块小银牌，不拘缠挂到船上某一个人头上去，皆显出这一船合作的光荣。好事的军人，且当每次某一只船胜利时，必在水边放些表示胜利庆祝的五百响鞭炮。

赛船过后，城中的戍军长官，为了与民同乐，增加这个节日的愉快起见，便把绿头长颈大雄鸭，颈膊上缚了红布条子，放入河中，尽善于泅水的军民人等，下水追赶鸭子。不拘谁把鸭子捉到，谁就成为这鸭子的主人。于是长潭换了新的花样，水面各处是鸭子，同时各处有追赶鸭子的人。

船与船的竞赛，人与鸭子的竞赛，直到天晚方能完事。

掌水码头的龙头大哥顺顺，年轻的时节便是一个泅水的高手，入水中去追逐鸭子，在任何情形下总不落空。但一到次子傩送年过十岁时，已能入水闭气汆着到鸭子身边，再忽然冒水而出，把鸭子捉到，这做爸爸的便解嘲似的向孩子们说："好，这种事你们来做，我不必再下水了。"于是当真就不下水与人来竞争捉鸭子。但下水救人呢，当作别论。凡帮助人远离患难，便是入火，人到八十岁，也还是成为这个人一种不可逃避的责任！

天保傩送两人皆是当地泅水划船好选手。

端午节快来了，初五划船，河街上初一开会，就决定了属于河街的那只船当天入水。天保恰好在那天应向上行，随了陆路商人过川东龙潭送节货，故参加的就只傩送。十六个结实如牛犊的小伙子，带了香、烛、鞭炮，同一个用生牛皮蒙好绘有朱红太极图的高脚鼓，到了搁船的河上游山洞边，烧了香烛，把船拖入水后，各人上了船，燃着鞭炮，擂着鼓，这船便如一枝箭似的，很迅速地向下游长潭射去。

那时节还是上午，到了午后，对河渔人的龙船也下了水，两只龙船就开始预习种种竞赛的方法。水面上第一次听到了鼓声，许多人从这鼓声中，感到了节日临近的欢悦。住临河吊脚楼对远方人有所等待的，有所盼望的，也莫不因鼓声想到远人。在这个节日里，必然有许多船只可以赶回，也有许多船只只合在半路过节，这之间，便有些眼目所难见的人事哀乐，在这小山城河街间，让一些人嬉喜，也让一些人皱眉。

蓬蓬鼓声掠水越山到了渡船头那里时，最先注意到的是那只黄狗。那黄狗汪汪地吠着，受了惊似的绕屋乱走；有人过渡时，便随船渡过东岸去，且跑到那小山头向城里一方面大吠。

翠翠正坐在门外大石上用棕叶编蚱蜢蜈蚣玩，见黄狗先在太阳下睡着，忽然醒来便发疯似的乱跑，过了河又回来，就问它骂它：

“狗，狗，你做什么！不许这样子！”

可是一会儿，那声音被她发现了，她于是也绕屋跑着，且同黄狗一块儿渡过了小溪，站在小山头听了许久，让那点迷人的鼓声，把自己带到一个过去的节日里去。

四

这是两年前的事。五月端阳，渡船头祖父找人作了替身，便带了黄狗同翠翠进城，到大河边去看划船。河边站满了人，四只朱色长船在潭中滑着，龙船水刚刚涨过，河中水皆豆绿色，天气又那么明朗，鼓声蓬蓬响着，翠翠抿着嘴一句话不说，心中充满了不可言说的快乐。河边人太多了一点，各人皆尽张着眼睛望河中，不多久，黄狗还留在身边，祖父却挤得不见了。

翠翠一面注意划船，一面心想“过不久祖父总会找来的”。但过了许久，祖父还不来，翠翠便稍稍有点儿着慌了。先是两人同黄狗进城前一天，祖父就问翠翠：“明天城里划船，倘若一个人去看，人多怕不怕？”翠翠就说：“人多我不怕，但自己只是一个人可不好玩。”于是祖父想了半天，方想起一个住在城中的老熟人，赶夜里到城里去商量，请那老人来看一天渡船，自己却陪翠翠进城玩一天。且因为那人比渡船老人更孤单，身边无一个亲人，也无一只狗，因此便约好了那人早上过家中来吃饭，喝一杯雄黄酒。第二天那人来了，吃了饭，把职务委托那人以后，翠翠等便进了城。到路上时，祖父想起什么似的，又问翠翠，“翠翠，翠翠，人那么多，好热闹，你一个人敢到河边看龙船吗？”翠翠说：“怎么不敢？可是一个人玩有什么意思。”到了河边后，长潭里的四只红船，把翠翠的注意力完全占去了，身边祖父似乎也可有可无了。祖父心想：“时间还早，到收场时，至少还得三个时刻。溪边的那个朋友，也应当来看看年轻人的热闹，回去一趟，换换地位还赶得及。”因此就告翠翠，“人太多了，站在这里看，不要动，我到别处去有点事情，无论如何总赶得回来伴你回家。”翠翠正为两只竞速并进的船迷着，祖父说的话毫不思索就答应了。祖父知道黄狗在翠翠身边，也许比他自己在她身边还稳当，于是便回家看船去了。

祖父到了那渡船处时，见代替他的老朋友，正站在白塔下注意听远处鼓声。

祖父喊叫他，请他把船拉过来，两人渡过小溪仍然站到白塔下去。那人问老船夫为什么又跑回来，祖父就说想替他一会儿故把翠翠留在河边，自己赶回来，好让他也过大河边去看看热闹，且说：“看得好，就不必再回来，只须见了翠翠告她一声，翠翠到时自会回家的。小丫头不敢回家，你就伴她走走！”但那替手对于看龙船已无什么兴味，却愿意同老船夫在这溪边大石上各自再喝两杯烧酒。老船夫听说十分高兴，于是把酒葫芦取出，推给城中来的那一个。两人一面谈些端午旧事，一面喝酒，不到一会，那人却在岩石上被烧酒醉倒了。

人既醉倒后，无从入城，祖父为了责任又不便与渡船离开，留在河边的翠翠便不能不着急了。

河中划船的决了最后胜负后，城里军官已派人驾小船在潭中放了一群鸭子，祖父还不见来。翠翠恐怕祖父也正在什么地方等着她，因此带了黄狗向各处人丛中挤着去找寻祖父，结果还是不得祖父的踪迹。后来看看天快要黑了，军人扛了长凳出城看热闹的，皆已陆续扛了那凳子回家。潭中的鸭子只剩下三五只，捉鸭人也渐渐的少了。落日向上游翠翠家中那一方落去，黄昏把河面装饰了一层薄雾。翠翠望到这个景致，忽然起了一个怕人的想头，她想："假若爷爷死了？"

她记起祖父嘱咐她不要离开原来地方那一句话，便又为自己解释这想头的错误，以为祖父不来，必是进城去或到什么熟人处去，被人拉着喝酒，故一时不能来的。正因为这也是可能的事，她又不愿在天未断黑以前，同黄狗赶回家去，只好站在那石码头边等候祖父。

再过一会，对河那两只长船已泊到对河小溪里去不见了，看龙船的人也差不多全散了。吊脚楼有娼妓的人家，已上了灯，且有人敲小斑鼓弹月琴唱曲了。另外一些人家，又有猜拳行酒的吵嚷声音。同时停泊在吊脚楼下的一些船只，上面也有人在摆酒炒菜，把青菜萝卜之类，倒进滚热油锅里去时发出吵——的声音。河面已朦朦胧胧，看去好像只有一只白鸭在潭中浮着，也只剩一个人追着这只鸭子。

翠翠还是不离开码头，总相信祖父会来找她一起回家。

吊脚楼上唱曲子声音热闹了一些，只听到下面船上有人说话，一个水手说："金亭，你听你那婊子陪川东庄客喝酒唱曲子，我赌个手指，说这是她的声音！"另外一个水手就说："她陪他们喝酒唱曲子，心里可想我。她知道我在船上！"先前那一个又说："身体让别人玩着，心还想着你；你有什么凭据？"另一个说："我有凭据。"于是这水手吹着唿哨，作出一个古怪的记号，一会儿，楼上歌声便停止了，两个水手皆笑了。两人接着便说了些关于那个女人的一切，使用了不少粗鄙字眼，翠翠不很习惯把这种话听下去，但又不能走开。且听水手之一说，楼上妇人的爸爸是在棉花坡被人杀死的，一共杀了十七刀。翠翠心中那个古怪的想头，“爷爷死了呢？”便仍然占据到心里有一忽儿。

两个水手还正在谈话，潭中那只白鸭慢慢地向翠翠所在的码头边游过来，翠翠想：“再过来些我就捉住你！”于是静静地等着，但那鸭子将近岸边三丈远近时，却有个人笑着，喊那船上水手。原来水中还有个人，那人已把鸭子捉到手，却慢慢地“踹水”游近岸边的。船上人听到水面的喊声，在隐约里也喊道：“二老，二老，你真能干，你今天得了五只吧。”那水上人说：“这家伙狡猾得很，现在可归我了。”“你这时捉鸭子，将来捉女人，一定有同样的本领。”水上那一个不再说什么，手脚并用地拍着水傍了码头。湿淋淋地爬上岸时，翠翠身旁的黄狗，仿佛警告水中人似的，汪汪地叫了几

声，那人方注意到翠翠。码头上已无别的人，那人问：

“是谁？”

“是翠翠！”

“翠翠又是谁？”

“是碧溪岨撑渡船的孙女。”

“你在这儿做什么？”

“我等我爷爷。我等他来。”

“等他来他可不会来，你爷爷一定到城里军营里喝了酒，醉倒后被人抬回去了！”

“他不会这样子。他答应来找我，他就一定会来的。”

“这里等也不成，到我家里去，到那边点了灯的楼上去，等爷爷来找你好不好？”

翠翠误会了邀他进屋里去那个人的好意，心里记着水手说的妇人丑事，她以为那男子就是要她上有女人唱歌的楼上去，本来从不骂人，这时正因等候祖父太久了，心中焦急得很，听人要她上去，以为欺侮了她，就轻轻地说：

“悖时砍脑壳的！”

话虽轻轻的，那男的却听得出，且从声音上听得出翠翠年纪，便带笑说：“怎么，你骂人！你不愿意上去，要呆在这儿，回头水里大鱼来咬了你，可不要叫喊！”

翠翠说：“鱼咬了我也不管你的事。”

那黄狗好象明白翠翠被人欺侮了，又汪汪地吠起来。那男子把手中白鸭举起，向黄狗吓了一下，便走上河街去了。黄狗为了自己被欺侮还想追过去，翠翠便喊："狗，狗，你叫人也看人叫！"翠翠意思仿佛只在告给狗"那轻薄男子还不值得叫"，但男子听去的却是另外一种好意，男的以为是她要狗莫向好人乱叫，放肆地笑着，不见了。

又过了一阵，有人从河街拿了一个废缆做成的火炬，喊叫着翠翠的名字来找寻她，到身边时翠翠却不认识那个人。那人说：老船夫回到家中，不能来接她，故搭了过渡人口信来告翠翠，要她即刻就回去。翠翠听说是祖父派来的，就同那人一起回家，让打火把的在前引路，黄狗时前时后，一同沿了城墙向渡口走去。翠翠一面走一面问那拿火把的人，是谁告他就知道她在河边。那人说是二老告他的，他是二老家里的伙计，送翠翠回家后还得回转河街。

翠翠说："二老他怎么知道我在河边？"

那人便笑着说："他从河里捉鸭子回来，在码头上见你，他说好意请你上家里坐坐，等候你爷爷，你还骂过他！你那只狗不识吕洞宾，只是叫！"

翠翠带了点儿惊讶轻轻地问："二老是谁？"

那人也带了点儿惊讶说："二老你还不知道？就是我们河街上的傩送二老！就是岳云！他要我送你回去！"

傩送二老在茶峒地方不是一个生疏的名字！

翠翠想起自己先前骂人那句话，心里又吃惊又害羞，再也不说什么，默默地随了那火把走去。

翻过了小山岨，望得见对溪家中火光时，那一方面也看见了翠翠方面的火把，老船夫即刻把船拉过来，一面拉船一面哑声儿喊问："翠

翠，翠翠，是不是你？”翠翠不理会祖父，口中却轻轻地说：“不是翠翠，不是翠翠，翠翠早被大河中鲤鱼吃去了。”翠翠上了船，二老派来的人，打着火把走了，祖父牵着船问：“翠翠，你怎么不答应我，生我的气了吗？”

翠翠站在船头还是不做声。翠翠对祖父那一点儿埋怨，等到把船拉过了溪，一到了家中，看明白了醉倒的另一个老人后，就完事了。但另一件事，属于自己不关祖父的，却使翠翠沉默了一个夜晚。

五

两年日子过去了。

这两年来两个中秋节，恰好无月亮可看，凡在这边城地方，因看月而起整夜男女唱歌的故事，皆不能如期举行，故两个中秋留给翠翠的印象，极其平淡无奇。两个新年虽照例可以看到军营里与各乡来的狮子龙灯，在小教场迎春，锣鼓喧阗（tián）很热闹。到了十五夜晚，城中舞龙耍狮子的镇筸（gān）兵士，还各自赤裸着肩膊，往各处去欢迎炮仗烟火。城中军营里，税关局长公馆，河街上一些大字号，莫不头先截老毛竹筒，或镂空棕榈树根株，用洞硝拌和磺炭钢砂，一千捶八百槌把烟火做好。好勇取乐的军士，光赤着个上身，玩着灯打着鼓来了，小鞭炮如落雨的样子，从悬到长竿尖端的空中落到玩灯的肩背上，锣鼓催动急促的拍子，大家皆为这事情十分兴奋。鞭炮放过一阵后，用长凳脚绑着的大筒烟火，在敞坪一端燃起了引线，先是嗞嗞地流泻白光，慢慢地这白光便吼啸起来，作出如雷如虎惊人的声音，白光向上空冲去，高至二十丈，下落时便洒散着满天花雨。玩灯的兵士，在火花中绕着圈子，俨然毫不在意的样子。翠翠同他的祖父，也看过这样的热闹，留下一个热闹的印象，但这印象不知为什么原因，总不如那个端午所经过的事情甜而美。

翠翠为了不能忘记那件事，上年一个端午又同祖父到城边河街去看了半天船，一切玩得正好时，忽然落了行雨，无人衣衫不被雨湿透。为了避雨，祖孙二人同那只黄狗，走到顺顺吊脚楼上去，挤在一个角隅里。有人扛凳子从身边过去，翠翠认得那人正是去年打了火把送她回家的人，就告给祖父：

“爷爷，那个人去年送我回家，他拿了火把走路时，真像喽啰！”

祖父当时不做声，等到那人回头又走过面前时，就一把抓住那个人，笑嘻嘻说：

“嗨嗨，你这个喽啰！要你到我家喝一杯也不成，还怕酒里有毒，把你这个真命天子毒死！”

那人一看是守渡船的，且看到了翠翠，就笑了。“翠翠，你长大了！二老说你在河边大鱼会吃你，我们这里河中的鱼，现在吞不下你了。”

翠翠一句话不说，只是抿起嘴唇笑着。

这一次虽在这喽啰长年口中听到个“二老”名字，却不曾见及这个人。从祖父与那长年谈话里，翠翠听明白了二老是在下游六百里外青浪滩过端午的。但这次不见二老却认识了大老，且见着了那个一地出名的顺顺。大老把河中的鸭子捉回家里后，因为守渡船的老家伙称赞了那只肥鸭两次，顺顺就要大老把鸭子给翠翠。且知道祖孙二人所过的日子，十分拮据，节日里自己不能包粽子，又送了许多三角粽。

那水上名人同祖父谈话时，翠翠虽装作眺望河中景致，耳朵却把每一句话听得清清楚楚。那人向祖父说翠翠长得很美，问过翠翠年纪，又问有不有人家。祖父则很快乐地夸奖了翠翠不少，且似乎不许别人来关心翠翠的婚事，故一到这件事便闭口不谈。

回家时，祖父抱了那只白鸭子同别的东西，翠翠打火把引路。两人沿城墙走去，一面是城，一面是水。祖父说：“顺顺真是个好人，大方得很。大老也很好。这一家人都好！”翠翠说：“一家人都好，你认识他们一家人吗？”祖父不明白这句话的意思所在，因为今天太高兴一点，便笑着说：“翠翠，假若大老要你做媳妇，请人来做媒，你答应不答应？”翠翠就说：“爷爷，你疯了！再说我就生你的气！”

祖父话虽不再说了，心中却很显然地还转着这些可笑的不好的念头。翠翠着了恼，把火炬向路两旁乱晃着，向前怏怏地走去了。

“翠翠，莫闹，我摔到河里去，鸭子会走脱的！”

“谁也不希罕那只鸭子！”

祖父明白翠翠为什么事不高兴，便唱起摇橹人驶船下滩时催橹的歌声，声音虽然哑沙沙的，字眼儿却稳稳当当毫不含糊。翠翠一面听着一面向前走去，忽然停住了发问：

“爷爷，你的船是不是正在下青浪滩呢？”

祖父不说什么，还是唱着，两人皆记顺顺家二老的船正在青浪滩过节，但谁也不明白另外一个人的记忆所止处。祖孙二人便沉默地一直走还家中。到了渡口，那代理看船的，正把船泊在岸边等候他们。几人渡过溪到了家中，剥粽子吃。到后那人要进城去，翠翠赶即为那人点上火把，让他有火把照路。人过了小溪上小山时，翠翠同祖父在船上望着，翠翠说：

“爷爷，看喽啰上山了啊！”

祖父把手攀引着横缆，注目溪面升起的薄雾，仿佛看到了什么东西，轻轻地吁了一口气。祖父静静地拉船过对岸家边时，要翠翠先上岸去，自己却守在船边，因为过节，明白一定有乡下人从城里看龙船，还得乘黑赶回家乡。

六

白日里，老船夫正在渡船上同个卖皮纸的过渡人有所争持。一个不能接受所给的钱，一个却非把钱送给老人不可。正似乎因为那个过渡人送钱气派，使老船夫受了点压迫，这撑渡船人就俨然生气似的，迫着那人把钱收回，使这人不得不把钱捏在手里。但船拢岸时，那人跳上了码头，一手铜钱向船舱里一撒，却笑眯眯地匆匆忙忙走了。老船夫手还得拉着船让别一个人上岸，无法去追赶那个人，就喊小山头的孙女：

“翠翠，翠翠，帮我拉着那个卖皮纸的小伙子，不许他走！”

翠翠不知道是怎么会事，当真便同黄狗去拦那第一个下船人。那人笑着说：

“不要拦我！……”

正说着，第二个商人赶来了，就告给翠翠是什么事情。翠翠明白了，更紧拉着卖纸人衣服不放，只说：“不许走！不许走！”黄狗为了表示同主人意见一致，也便在翠翠身边汪汪地吠着。其余商人皆笑着，一时不能走路。祖父气吁吁地赶来了，把钱强迫塞到那人手心里，且搭了一大束草烟到那商人的担子上去，搓着两手笑着说：“走呀！你们上路走！”那些人于是全笑着走了。

翠翠说：“爷爷，我还以为那人偷你东西同你打架！”

祖父就说：

“他送我好些钱，我绝不要这些钱！告他不要钱，他还同我吵，不讲道理！”

翠翠说：“全还给他了吗？”

祖父抿着嘴把头摇摇，闭上一只眼睛，装成狡猾得意神气笑着，把扎在腰带上留下的那枚单铜子取出，送给翠翠。且说：

“他得了我们那把烟叶，可以吃到镇筸城！”

远处鼓声又蓬蓬地响起来了，黄狗张着两个耳朵听着。翠翠问祖父，听不听到什么声音。祖父一注意，知道是什么声音了，便说：

“翠翠，端午又来了。你记不记得去年天保大人送你那只肥鸭子。早上大老同一群人上川东去，过渡时还问你。你一定忘记那次落的行雨。我们这次若去，又得打火把回家；你记不记得我们两人用火把照路回家？”

翠翠还正想起两年前的端午一切事情。但祖父一问，翠翠却微带点儿恼着的神气，把头摇摇，故意说：“我记不得，我记不得。我全记不得！”其实她那意思就是“我怎么记不得？”

祖父明白那话里意思，又说：“前年还更有趣，你一个人在河边等我，差点儿不知道回来，天夜了，我还以为大鱼会吃掉你！”

提起旧事，翠翠嗤的笑了。

“爷爷，你还以为大鱼会吃掉我？是别人家说我，我告给你的！你那天只是恨不得让城中的那个爷爷把装酒的葫芦吃掉！你这种人，好记性！”

“我人老了，记性也坏透了。翠翠，现在你人长大了，一个人一定敢上城去看船不怕鱼吃掉你了。”

“人大了就应当守船呢。”

“人老了才应当守船。”

“人老了应当歇憩！”

“你爷爷还可以打老虎，人不老！”祖父说着，于是，把膀子弯曲起来，努力使筋肉在局束中显得又有力又年轻，且说：“翠翠，你不信，你咬。”

翠翠睨着腰背微驼的祖父，不说什么话。远处有吹唢呐的声音，她知道那是什么事情，且知道唢呐方向，要祖父同她下了船，把船拉过家中那边岸旁去。为了想早早地看到那迎婚送亲的喜轿，翠翠还爬到屋后塔下去眺望。过不久，那一伙人来了，两个吹唢呐的，四个强壮乡下汉子，一顶空花轿，一个穿新衣的团总儿子模样的青年，另外还有两只羊，一个牵羊的孩子，一坛酒，一盒糍粑，一个担礼物的人。一伙人上了渡船后，翠翠同祖父也上了渡船，祖父拉船，翠翠却傍花轿站定，去欣赏每一个人的脸色与花轿上的流苏。拢岸后，团总儿子模样的人，从扣花抱肚里掏出了一个小红纸包封，递给老船夫。这是当地规矩，祖父再不能说不接收了。但得了钱祖父却说话了，问那个人，新娘是什么地方人，明白了，又问姓什么，明白了，又问多大年纪，一起皆弄明白了，吹唢呐的一上岸后，又把唢呐呜呜喇喇吹起来，一行人便翻山走了。祖父同翠翠留在船上，感情仿佛皆追着那唢呐声音走去，走了很远的路方回到自己身边来。

祖父掂着那红纸包封的分量说：“翠翠，宋家堡子里新嫁娘年纪还只十五岁。”

翠翠明白祖父这句话的意思所在，不作理会，静静地把船拉动起来。

到了家边，翠翠跑还家中去取小小竹子做的双管唢呐，请祖父坐在船头吹“娘送女”曲子给她听，她却同黄狗躺到门前大岩石上荫处看天上的云。白日渐长，不知什么时节，祖父睡着了，翠翠同黄狗也睡着了。

七

到了端午。祖父同翠翠在三天前业已预先约好，祖父守船，翠翠同黄狗过顺顺吊脚楼去看热闹。翠翠先不答应，后来答应了。但过了一天，翠翠又翻悔回来，以为要看两人去看，要守船两人守船。祖父明白那个意思，是翠翠玩心与爱心相战争的结果。为了祖父的牵绊，应当玩的也无法去玩，这不成！祖父含笑说：“翠翠，你这是为什么？说定了的又翻悔，同茶峒人平素品德不相称。我们应当说一是一，不许三心二意。我记性并不坏到这样子，把你答应了我的即刻忘掉！”祖父虽那么说，很显然的事，祖父对于翠翠的打算是同意的。但人太乖巧，祖父有点愀然不乐了。见祖父不再说话，翠翠就说：“我走了，谁陪你？”

祖父说：“你走了，船陪我。”

翠翠把一对眉毛皱拢去苦笑着，“船陪你，嗨，嗨，船陪你。”

祖父心想：“你总有一天会要走的！”但不敢提起这件事。祖父一时无话可说，于是走过屋后塔下小圃里去看葱，翠翠跟过去。

“爷爷，我决定不去，要去让船去，我替船陪你！”

“好，翠翠，你不去我去，我还得戴了朵红花，装老太婆去见世面！”

两人皆为这句话笑了许久。所争持的事，不求结论了。

祖父理葱，翠翠却摘了一根大葱吹着，有人在东岸喊过渡，翠翠不让祖父占先，便忙着跑下去，跳上了渡船，援着横溪缆子拉船过溪去接人。一面拉船一面喊祖父：

“爷爷，你唱，你唱！”

祖父不唱，却只站在高岩上望翠翠，把手摇着，一句话不说。

祖父有点心事。

翠翠一天比一天大了，无意中提到什么时，会红脸了。时间在成长她，似乎正催促她，使她在另外一件事情上负点儿责。她欢喜看扑粉满脸的新嫁娘，欢喜述说关于新嫁娘的故事，欢喜把野花戴到头上去，还欢喜听人唱歌。茶峒人的歌声，缠绵处她已领略得出。她有时仿佛孤独了一点，爱坐在岩石上去，向天空一片云一颗星凝眸。祖父若问：“翠翠，想什么？”她便带着点儿害羞情绪，轻轻地说：“翠翠不想什么。”但在心里却同时又自问：“翠翠，你想什么？”同是自己也就在心里答着：“我想的很远，很多。可是我不知想些什么。”她的确在想，又的确连自己也不知在想些什么。这女孩子身体既发育得很完全，在本身上因年龄自然而来的一种“奇事”，到月就来，也使她多

了些思索。

祖父明白这类事情对于一个女子的影响，祖父心情也变了些。祖父是一个在自然里活了七十年的人，但在人事上的自然现象，就有了些不能安排处。因为翠翠的长成，使祖父记起了些旧事，从掩埋在一大堆时间里的故事中重新找回了些东西。

翠翠的母亲，某一时节原同翠翠一个样子，眉毛长，眼睛大，皮肤红红的，也乖得使人怜爱——也懂在一些小处，起眼动眉毛，机伶懂事，使家中长辈快乐。也仿佛永远不会同家中这一个分开。但一点不幸来了，她认识了那个兵。到末了丢开老的和小的，却陪了那个兵死了。这些事从老船夫说来谁也无罪过，只应“天”去负责。翠翠的祖父口中不怨天，心却不能完全同意这种不幸的安排。到底还像年轻人，说是放下了，也正是不能放下的莫可奈何容忍到的一件事。

并且那时有个翠翠。如今假如翠翠又同妈妈一样，老船夫的年龄，还能把小雏儿再抚育下去吗？人愿意的事神却不同意！人太老了，应当休息了，凡是一个良善的中国乡下人，一生中生活下来所应得到的劳苦与不幸，业已全得到了。假若另外高处有一个上帝，这上帝且有一双手支配一切，很明显的事，十分公道的办法，是应当把祖父先收回去，再来让那个年轻的在新的生活上得到应分接受那一份的。

可是祖父并不那么想。他为翠翠担心。有时便躺到门外岩石上，对着星子想他的心事。他以为死是应当快到了的，正因为翠翠人已长大了，证明自己也真正老了。可是无论如何，得让翠翠有个着落。翠翠既是她那可怜母亲交把他的，翠翠大了，他也得把翠翠交给一个人，他的事才算完结！翠翠应分交给谁？必需什么样的人方不委屈她？

前几天顺顺家天保大老过溪时，同祖父谈话，这心直口快的青年人，第一句话就说：

“老伯伯，你翠翠长得真标致，像个观音样子。再过两年，若我有闲空能留在茶峒照料事情，不必像老鸦成天到处飞，我一定每夜到这溪边来为翠翠唱歌。”

祖父用微笑奖励这种自白。一面把船拉动，一面把那双小眼睛瞅着大老。意思好像说，你的傻话我全明白，我不生气，你尽管说下去，看你还有什么要说。

于是大老又说：

“翠翠太娇了，我担心她只宜于听点茶峒人的歌声，不能做茶峒女子做媳妇的一切正经事。我要个能听我唱歌的情人，却更不能缺少个照料家务的媳妇。‘又要马儿不吃草，又要马儿走得好’，唉，这两句话恰是古人为我说的！”

祖父慢条斯理把船掉了头，让船尾傍岸，就说：

“大老，也有这种事儿！你瞧着吧。”

那青年走去后，祖父温习着那些出于一个男子口中的真话，实在又愁又喜。翠翠若应当交把一个人，这个人是不是适宜于照料翠翠？当真交把了他，翠翠是不是愿意？

八

初五大清早落了点毛毛雨，河上游且涨了点“龙船水”，河水已变作豆绿色。祖父上城买办过节的东西，戴了个粽粑叶“斗篷”，携带了一个篮子，一个装酒的大葫芦，肩头上挂了个褡裢，其中放了一吊六百制钱，就走了。因为是节日，这一天从小村小寨带了铜钱担了货物上城去办货掉货的极多，这些人起身也极早，故祖父走后，黄狗就伴同翠翠守船。翠翠头上戴了一个崭新的斗篷，把过渡人一趟一趟地送来送去。黄狗坐在船头，每当船拢岸时必先跳上岸边去衔绳头，引起每个过渡人的兴味。有些过渡乡下人也携了狗上城，照例如俗话说的，“狗离不得屋”，这些狗一离了自己的家，即或傍着主人，也变得非常老实了。到过渡时，翠翠的狗必走过去嗅嗅，从翠翠方面讨取了一个眼色，似乎明白翠翠的意思的就不敢有什么举动。直到上岸后，把拉绳子的事情做完，眼见到那只陌生的狗上小山去了，也必跟着追去。或者向狗主人轻轻吠着，或者逐着那陌生的狗，必得翠翠带点儿嗔恼地嚷着：“狗，狗，你狂什么？还有事情做，你就跑呀！”于是这黄狗赶快跑回船上来，且依然满船闻嗅不已。翠翠说：“这算什么轻狂举动！跟谁学得的！还不好好蹲到那边去！”狗俨然极其懂事，便即刻到它自己原来地方去，只间或又像想起什么心事似的，轻轻地吠几声。

雨落个不止，溪面一起烟。翠翠在船上无事可做时，便算着老船夫的行程。她知道他这一去应在什么地方碰到什么人，谈些什么话，这一天城门边应当是些什么情形，河街上应当是些什么情形，“心中一本册”，她完全如同亲眼见到的那么明明白白。她又知道祖父的脾气，一见城中相熟粮子上人物，不管是马夫火夫，总会把过节时应有的颂祝说出。这边说，“副爷，你过节吃饱喝饱！”那一个便也将说，“划船的，你吃饱喝饱！”这边如果说着如上的话，那边人说，“有什么可以吃饱喝饱？四两肉，两碗酒，既不会饱也不会醉！”那么，祖父必很诚实邀请这熟人过碧溪岨喝个够量。倘若有人当时就想喝一口祖父葫芦中的酒，这老船夫也从不吝啬，必很快地就把葫芦递过去。酒喝过后，那兵营中人卷舌子舔着嘴唇，称赞酒好，于是又必被勒迫着喝第二口。酒在这种情形下少起来了，就又跑到原来铺上去，加满为止。翠翠且知道祖父还会到码头上去同刚拢岸一天两天的上水船水手谈谈话，问问下河的米价盐价，有时且弯着腰钻进那带有海带鱿鱼味，以及其他油味、醋味、柴烟味的船舱里去，水手们从小坛中抓出一把红枣，递给老船夫，过一阵，等到祖父回家被翠翠埋怨时，这红枣便成为祖父与翠翠和解的工具。祖父一到河街上，且一定有许多铺子上商人送他粽子与其他东西，作为对这个忠于职守的划船人一点敬意，祖父虽嚷着“我带了那么一大堆，回去会把老骨头压断”，可是不管如何，这些东西多少总得领点情。走到卖肉案桌边去，他想买肉，人家却照例不愿接钱。屠户若不接钱，他却宁可到另外一家去，决不想沾那点便宜。那屠户说，“爷爷，你为人那么硬算什么？又不是要你去做犁口耕田！”但不行，他以为这是血钱，不比别的事情，你不收钱他会把钱预先算好，猛地把钱掷到大而长的钱筒里去，攫了肉就走去的。卖肉的明白他那种性情，到他称肉时总选取最好的一处，且把分量故意加多，他见及时却将说：“喂喂，大老板，我不要你那些好处！腿上的肉是城里人炒鱿鱼肉丝用的肉，莫同我开玩笑！我要夹项肉，我要浓的，糯的，我是个划船人，我要拿去炖胡萝卜喝酒的！”得了肉，把钱交过手时，自己先数一次，又嘱咐屠户再数，屠户却照例不理会他，把一手钱哗地向长竹筒口丢去，他于是简直是妩媚地微笑着走了。屠户与其他买肉人，见到他这种神气，必笑个不止。……

翠翠还知道祖父必到河街上顺顺家里去。

翠翠温习着两次过节两个日子所见所闻的一切，心中很快乐，好像目前有一个东西，同早间在床上闭了眼睛所看到那种捉摸不定的黄葵花一样，这东西仿佛很明朗地在眼前，却看不准，抓不住。

翠翠想：“白鸡关真出老虎吗？”她不知道为什么忽然想起白鸡关。白鸡关是酉水中部一个地名，离茶峒两百多里路！

于是又想：“三十二个人摇六匹橹，上水走风时张起个大篷，一百幅白布铺成的一片东西，坐在这样大船上过洞庭湖，多可笑……”她不明白洞庭湖有多大，也就从不见过这种大船。更可笑的，还是她自己也不知道为什么却想起这个问题。

一群过渡人来了，有担子，有送公事跑差模样的人物，另外还有母女二人。母亲穿了新浆洗得硬朗的蓝布衣服，女孩子脸上涂着两饼红

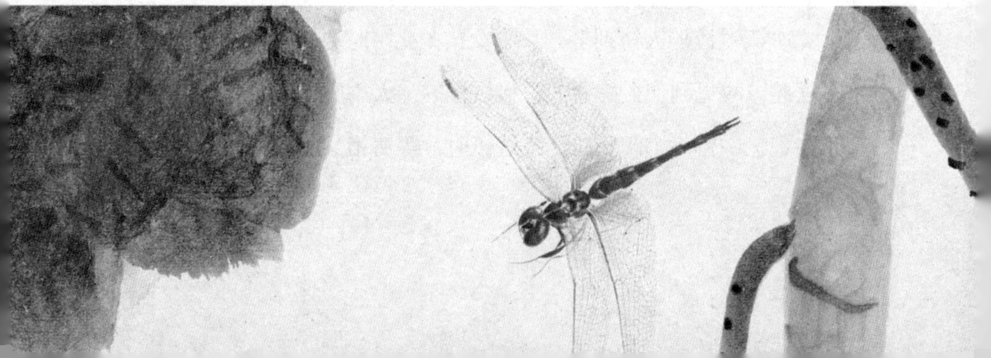

色，穿了不甚称身的新衣，上城到亲戚家中去拜节看龙船的。等待众人上船稳定后，翠翠一面望着那小女孩，一面把船拉过溪去。那小孩从翠翠估来年纪也将十二岁了，神气却很娇，似乎从不能离开过母亲。脚下穿的是一双尖尖头新油过的钉鞋，上面沾污了些黄泥。裤子是那种翻紫的葱绿布做的。见翠翠尽是望她，她也便看着翠翠，眼睛光光的如同两粒水晶球。神气中有点害羞，有点不自在，同时也有点不可言说的爱娇。那母亲模样的妇人便问翠翠，年纪有几岁。翠翠笑着，不高兴答应，却反问小女孩今年几岁，听那母亲说十三岁时，翠翠忍不住笑了。那母女显然是财主人家的妻女，从神气上就可看出的。翠翠注视那女孩，发现了女孩子手上还戴得有一副麻花绞的银手镯，闪着白白的亮光，心中有点儿歆羡。船傍岸后，人陆续上了岸，妇人从身上摸出一把铜子，塞到翠翠手中，就走了。翠翠当时竟忘了祖父的规矩，也不说道谢，也不把钱退还，只望着这一行人中那个女孩子身后发痴。一行人正将翻过小山时，翠翠忽又忙匆匆地追上去，在山头上把钱还给那妇人。那妇人说："这是送你的！"翠翠不说什么，只微笑把头尽摇，表示不能接受，且不等妇人来得及说第二句话，就很快地向自己渡船边跑去了。

到了渡船上，溪那边又有人喊过渡，翠翠把船又拉回去。第二次过渡是七个人，又有两个女孩子，也同样因为看龙船特意换了干净衣服，相貌却并不如何美观，因此使翠翠更不能忘记先前那一个。

今天过渡的人特别多，其中女孩子比平时更多，翠翠既在船上拉缆子摆渡，故见到什么好看的，极古怪的，人乖的，眼睛眶子红红的，莫不在记忆中留下个印象。无人过渡时，等着祖父祖父又不来，便尽只反复温习这些女孩子的神气。且轻轻地无所谓地唱着：

“白鸡关出老虎咬人，不咬别人，团总的小姐派第一。……大姐戴副金簪子，二姐戴副银钏子，只有我三妹莫得什么戴，耳朵上长年戴条豆芽菜。”

城中有人下乡的，在河街上一个酒店前面，曾见及那个撑渡船的老头子，把葫芦嘴推让给一个年轻水手，请水手喝他新买的白烧酒。翠翠问及时，那城中人就告给她所见到的事情。翠翠笑祖父的慷慨不是时候，不是地方。过渡人走了，翠翠就在船上又轻轻地哼着巫师迎神的歌玩：

你大仙，你大神，睁眼看看我们这里人！
他们既诚实，又年轻，又身无疾病。
他们大人会喝酒，会做事，会睡觉；
他们孩子能长大，能耐饥，能耐冷；
他们牯牛肯耕田，山羊肯生仔，鸡鸭肯孵卵；
他们女人会养儿子，会唱歌，会找她心中欢喜的情人！

你大神，你大仙，排驾前来站两边。
关夫子身跨赤兔马，
尉迟公手拿大铁鞭。

你大仙，你大神，云端下降慢慢行！
张果老驴上得坐稳，
铁拐李脚下要小心！

福禄绵绵是神恩，
和风和雨神好心，
好酒好饭当前陈，
肥猪肥羊火上烹！

洪秀全，李鸿章，
你们在生是霸王，
杀人放火尽节全忠各有道，
今来坐席又何妨！

慢慢吃，慢慢喝，
月白风清好过河。
醉时携手同归去，
我当为你再唱歌。

那首歌声音既极柔和，快乐中又微带忧郁。唱完了这歌，翠翠心上觉得有一丝儿凄凉。她想起秋末酬神还愿时田坪中的火燎同鼓角。

远处鼓声已起来了，她知道绘有朱红长线的龙船这时节已下河了，细雨还依然落个不止，溪面一片烟。

九

祖父回家时，大约已将近平常吃早饭时节了。肩上手上全是东西，一上小山头便喊翠翠，要翠翠拉船过小溪来迎接他。翠翠眼看到多少人皆进了城，正在船上急得莫可奈何，听到祖父的声音，精神旺了，锐声答着："爷爷，爷爷，我来了！"老船夫从码头边上了渡船后，把肩上手上的东西搁到船头上，一面帮着翠翠拉船，一面向翠翠笑着，如同一个小孩子，神气充满了谦虚与羞怯。"翠翠，你急坏了，是不是？"翠翠本应埋怨祖父的，但她却回答说："爷爷，我知道你在河街上劝人喝酒，好玩得很。"翠翠还知道祖父极高兴到河街上去玩，但如此说来，将更使祖父害羞乱嚷了，故不提出。

翠翠把搁在船头的东西一一估记在眼里，不见了酒葫芦。翠翠嗤的笑了。

"爷爷，你倒大方，请副爷同船上人吃酒，连葫芦也让他们吃到肚里去了！"

祖父笑着忙作说明：

"哪里，哪里，我那葫芦被顺顺大哥扣下了，他见我在河街上请人喝酒，就说：'喂，喂，摆渡的张横，这不成的。你不开糟坊，如何这样子！你要做仁义大哥梁山好汉，把你那个放下来，请我全喝了吧。'他当真那么说，'请我全喝了吧。'我把葫芦放下了。但我猜想他是同我闹着玩的。他家里还少烧酒吗？翠翠，你说，是不是？……"

"爷爷，你以为人家不是真想喝你的酒，便是同你开玩笑吗？"

"那是怎么的？"

“你放心，人家一定因为你请客不是地方，所以扣下你的葫芦，不让你请人把酒喝完。等等就会派毛伙为你送来的，你还不明白，真是！——”

“唉，当真会是这样的！”

说着船已拢了岸，翠翠抢先帮祖父搬东西回家，但结果却只拿了那尾鱼，那个花褡裢；褡裢中钱已用光了，却有一包白糖，一包芝麻小饼子。

两人刚把新买的东西搬运到家中，对溪就有人喊过渡，祖父要翠翠看着肉菜免得被野猫拖去，争先下溪去做事，一会儿，便同那个过渡人嚷着到家中来了。原来这人便是送酒葫芦的。只听到祖父说：“翠翠，你猜对了。人家当真把酒葫芦送来了！”

翠翠来不及向灶边走去，祖父同一个年纪轻轻的脸黑肩膊宽的人物，便进到屋里了。

翠翠同客人皆笑着，让祖父把话说下去。客人又望着翠翠笑，翠翠仿佛明白为什么被人望着，有点不好意思起来，走到灶边烧火去了。溪边又有人喊过渡，翠翠赶忙跑出门外船上去，把人渡过了溪。恰好又有人过溪。天虽落小雨，过渡人却分外多，一连三次。翠翠在船上一面做事一面想起祖父的趣处。不知怎么的，从城里被人打发来送酒葫芦的，她觉得好像是个熟人。可是眼睛里像是熟人，却不明白在什么地方见过面。但也正像是不肯把这人想到某方面去，方猜不着这来人的身分。

祖父在岩坎上边喊：“翠翠，翠翠，你上来歇歇，陪陪客！”本来无人过渡便想上岸去烧火，但经祖父一喊，反而不上岸了。

来客问祖父“进不进城看船”，老渡船夫就说，“应当看守渡船。”两人又谈了些别的话。到后来客方言归正传：

“伯伯，你翠翠像个大人了，长得很好看！”

撑渡船的笑了。“口气同哥哥一样，倒爽快呢。”这样想着，却那么说：“二老，这地方配受人称赞的只有你，人家都说你好看！‘八面山的豹子，地地溪的锦鸡’，全是特为颂扬你这个人好处的警句！”

“但是，这很不公平。”

“很公平的！我听着船上人说，你上次押船，船到三门下面白鸡关滩出了事，从急浪中你援救过三个人。你们在滩上过夜，被村子里女人见着了，人家在你棚子边唱歌一整夜，是不是真有其事？”

“不是女人唱歌一夜，是狼嗥。那地方著名多狼，只想得机会吃我们！我们烧了一大堆火，吓住了它们，才不被吃！”

老船夫笑了：“那更妙！人家说的话还是很对的。狼是只吃姑娘，吃小孩，吃十八岁标致青年的，像我这种老骨头，它不要吃，只嗅一嗅就会走开的！”

那二老说：“伯伯，你到这里见过两万个日头，别人家全说我们这个地方风水好，出大人，不知为什么原因，如今还不出大人？”

“你是不是说风水好应出有大名头的人？我以为，这种人不生在我们这个小地方也不碍事。我们有聪明、正直、勇敢、耐劳的年轻人，就够了。像你们父子兄弟，为本地方增光彩已经很多很多！”

“伯伯，你说得好，我也是那么想。地方不出坏人出好人，如伯伯那么样子，人虽老了，还硬朗得同棵楠木树一样，稳稳当当地活到这块地面，又正经，又大方，难得的咧。”

“我是老骨头了，还说什么。日头，雨水，走长路，挑分量沉重的担子，大吃大喝，挨饿受寒，自己分上的都拿过了，不久就会躺到这冰凉土地上喂蛆吃的。这世界有的是你们小伙子分上的一切，应当好好地干，日头不辜负你们，你们也莫辜负日头！”

“伯伯，看你那么勤快，我们年轻人不敢辜负日头！”

说了一阵，二老想走了，老船夫便站到门口去喊叫翠翠，要她到屋里来烧水煮饭，掉换他自己看船。翠翠不肯上岸，客人却已下船了，翠翠把船拉动时，祖父故意装作埋怨神气说：

“翠翠，你不上来，难道要我在家里做媳妇煮饭吗？”

翠翠斜睨了客人一眼，见客人正盯着她，便把脸背过去，抿着嘴儿，很自负地拉着那条横缆，船慢慢拉过对岸了。客人站在船头同翠翠说话：

“翠翠，吃了饭，同你爷爷到我家吊脚楼上去看划船吧？”

翠翠不好意思不说话，便说：“爷爷说不去，去了无人守这个船！”

“你呢？”

“爷爷不去我也不去。”

“你也守船吗？”

“我陪我爷爷。”

“我要一个人来替你们守渡船，好不好？”

嘭的一下船已撞到岸边土坎上了，船拢了岸。二老向岸上一跃，站在斜坡上说：

“翠翠，难为你！……我回去就要人来替你们，你们赶快吃饭，一同到我家里去看船，今天人多咧，热闹咧！”

翠翠不明白这陌生人的好意，不懂得为什么一定要到他家中去看船，抿着小嘴笑笑，就把船拉回去了。到了家中一边溪岸后，只见那个年轻人还正在对溪小山上，好像等待什么，不即走开。翠翠回转家中，到灶口边去烧火，一面把带点湿气的草塞进灶里去，一面向正在把客人带回的那一葫芦酒试着的祖父询问：

“爷爷，那人说回去就要人来替你，要我们两人去看船，你去不去？”

“你高兴去吗？”

“两人同去我高兴。那个人很好，我像认得他，他是谁？”

祖父心想：“这倒对了，人家也觉得你好！”祖父笑着说：“翠翠，你不记得你前年在大河边时，有个人说要让大鱼咬你吗？”

翠翠明白了，却仍然装不明白问：“他是谁？”

“你想想看，猜猜看。”

“我猜不着他是张三李四。”

“顺顺船总家的二老，他认识你你不认识他啊！”他抿了一口酒，像赞美这个酒又赞美另一个人，低低地说：“好的，妙的，这是难得的。”

过渡的人在门外坎下叫唤着，老祖父口中还是“好的，妙的，……”匆匆地下船做事去了。

十

吃饭时隔溪有人喊过渡，翠翠抢着下船，到了那边，方知道原来过渡的人，便是船总顺顺家派来作替手的水手。这人一见翠翠就说道：“二老要你们一吃了饭就去，他已下河了。”见了祖父又说：“二老要你们吃了饭就去，他已下河了。”

张耳听听，便可听出远处鼓声已较繁密，从鼓声里使人想到那些极狭的船，在长潭中笔直前进时，水面上画着如何美丽的长长的线路！

新来的人茶也不吃，便在船头站妥了，翠翠同祖父吃饭时，邀他喝一杯，只是摇头推辞。祖父说：

“翠翠，我不去，你同小狗去好不好？”

“要不去，我也不想去！”

“我去呢？”

“我本来也不想去，但我愿意陪你去。”

祖父微笑着：“翠翠，翠翠，你陪我去，好的，你就陪我去！”

…………

祖父同翠翠到城里大河边时，河边早站满了人。细雨已经停止，地面还是湿湿的。祖父要翠翠过河街船总家吊脚楼上去看船，翠翠却似乎有心事怕到那边去，以为站在河边较好。两人虽在河边站定，不多久，顺顺便派人来把他们请去了。吊脚楼上已有了很多的人。早上过渡时，为翠翠所注意的乡绅妻女，受顺顺家的款待，占据了两个最好窗口。一见到翠翠，那女孩子就说：“你来，你来！”翠翠带着点儿羞怯走去，坐在他们身后条凳上，祖父便走开了。

祖父并不看龙船竞渡，却为一个熟人拉到河上游半里路远近，到一个新碾坊看水碾子去了。老船夫对于水碾子原来就极有兴味的。倚山滨水来一座小小茅屋，屋中有那么一个圆石片子，固定在一个横轴上，斜斜地搁在石槽里。当水闸门抽去时，流水冲激地下的暗轮，上面的圆石片便飞转起来。做主人的管理这个东西，把毛谷倒进石槽中去，把碾好的米弄出放在屋角隅长方箩筛里，再筛去糠灰。地上全是糠灰，自己头上包着块白布帕子，头上肩上也全是糠灰。天气好时就在碾坊前后隙地里种些萝卜、青菜、大蒜、四季葱。水沟坏了，就把裤子脱去，到河里去堆砌石头，修理泄水处。水碾坝若修筑得好，还可装个小小鱼梁，涨小水时就自会有鱼上梁来，不劳而获！在河边管理一个碾坊比管理一只渡船多变化，有趣味，情形一看也就明白了。但一个撑渡船的若想有座碾坊，那简直是不可能的妄想。凡碾坊照例是属于当地小财主的产业。那熟人把老船夫带到碾坊边时，就告给他这碾坊业主为谁。两人一面各处视察一面说话。

那熟人用脚踢着新碾盘说：

“中寨人自己坐在高山砦（zhài）子上，却欢喜来到这大河边置产业；这是中寨王团总的，值大钱七百吊！”

老船夫转着那双小眼睛，很羡慕地去欣赏一切，估计一切，把头点着，且对于碾坊中物件一一加以很得体的批评。后来两人就坐到那还未完工的白木条凳上去，熟人又说到这碾坊的将来，似乎是团总女儿陪嫁的妆奁（lián）。那人于是想起了翠翠，且记起大老过去一时托过他的事情来了，便问道：

“伯伯，你翠翠今年十几岁？”

“满十四岁进十五岁。”老船夫说过这句话后，便接着在心中计算过去的年月。

“十四岁多能干！将来谁得她真有福气！”

“有什么福气？又无碾坊陪嫁，一个光人。”

“别说一个光人，一个有用的人，两只手敌得五座碾坊！洛阳桥也是鲁班两只手造成的！……”这样那样地说着，表示对老船夫的抗议，说到后来那人自然笑了。

老船夫也笑了，心想：“翠翠有两只手，将来也去造洛阳桥吧，新鲜事！”

那人过了一会又说：

“茶峒人年轻男子眼睛光，选媳妇也极在行。伯伯，你若不多我的心时，我就说个笑话给你听。”

老船夫问：“是什么笑话？”

那人说：“伯伯你若不多心时，这笑话也可以当真话去听咧。”

接着说下去的就是顺顺家大老如何在人家面前赞美翠翠，且如何托他来探听老船夫口气那么一件事。末了同老船夫来转述另一回会话的情形。“我问他：‘大老，大老，你是说真话还是说笑话？’他就说：‘你为我去探听探听那老的，我欢喜翠翠，想要翠翠，是真话呀！’我说：‘我这人口钝得很，说出了口收不回，万一老的一巴掌打来呢？’他说：‘你怕打，你先当笑话去说，不会挨打的！’所以，伯伯，我就把这件真事情当笑话来同你说了。你试想想，他初九从川东回来见我时，我应当如何回答他？”

老船夫记起前一次大老亲口所说的话，知道大老的意思很真，且知道顺顺也欢喜翠翠，故心里很高兴。但这件事照规矩得这个人带封点心亲自到碧溪岨家中去说，方见得慎重其事。老船夫就说：“等他来时你说：老家伙听过了笑话后，自己也说了个笑话，他说：‘车是车路，马是马路，各有走法。大老走的是车路，应当由大老爹爹作主，请了媒人来正正经经同我说。走的是马路，应当自己作主，站在渡口对溪高崖上，为翠翠唱三年六个月的歌。’”

“伯伯，若唱三年六个月的歌动得了翠翠的心，我赶明天就自己来唱歌了。”

“你以为翠翠肯了我还会不肯吗？”

“不咧，人家以为这件事你老人家肯了翠翠便无有不肯呢。”

“不能那么说，这是她的事呵！”

“便是她的事情，可是必须老的作主，人家也仍然以为在日头月光下唱三年六个月的歌，还不如得伯伯说一句话好！”

“那么，我说，我们就这样办，等他从川东回来时，要他同顺顺去说明白。我呢，我也先问问翠翠，若以为听了三年六个月的歌再跟那唱歌人走去有意思些，我就请你劝大老走他那弯弯曲曲的马路。”

“那好的。见了他我就说：‘大老，笑话吗，我已经说过了。真话呢，看你自己的命运去了。’当真看他的命运去了，不过我明白他的命运，还是在你老人家手上捏着紧紧的。”

“不是那么说！我若捏得定这件事，我马上就答应了。”

这里两人把话说妥后，就过另一处看一只顺顺新近买来的三舱船去了。河街上顺顺吊脚楼方面，却有了如下事情。

翠翠虽被那乡绅女孩喊到身边去坐，地位非常之好，从窗口望出去，河中一切朗然在望，然而心中可不安宁。挤在其他几个窗口看热闹的人，似乎皆常常把眼光从河中景物挪到这边几个人身上来。还有些人故意装成有别的事情样子，从楼这边走过那一边，事实上却全为的是好仔细看看翠翠这方面几个人。翠翠心中老不自在，只想借故跑去。一会儿河下的炮声响了，几只从对河取齐的船只，直向这方面划来。先是四条船皆相去不远，如四枝箭在水面射着。到了一半，已有两只船占先了些，再过一会子，那两只船中间便又有一只超过了并进的船只而前。看看船到了税局门前时，第二次炮声又响，那船便胜利了。这时节胜利的已判明属于河街人所划的一只，各处便皆响着庆祝的小鞭炮。那船于是沿了河街吊脚楼划去，鼓声蓬蓬作响，河边与吊脚楼各处，都同时呐喊表示快乐的祝贺。翠翠眼见在船头站定摇动小旗指挥进退头上包着红布的那个年轻人，便是送酒葫芦到碧溪岨的二老，心中便印着两年前的旧事，“大鱼吃掉你！”“吃掉不吃掉，不用你这个人管！”“好的，我就不管！”“狗，狗，你也看人叫！”想起狗，翠翠才注意到自己身边那只黄狗，早已不知跑到什么地方去，便离了座位，在楼上各处找寻她的黄狗，把船头人忘掉了。

她一面在人丛里找寻黄狗，一面听人家正说些什么话。

一个大脸妇人问：“是谁家的人，坐到顺顺家当中窗口前的那块好地方？”

一个妇人就说：“是砦子上王乡绅大姑娘，今天说是自己来看船，其实来看人，同时也让人看！人家命好，有本领坐那好地方！”

“看谁人？被谁看？”

“嗨，你还不明白，那乡绅想同顺顺打亲家呢。”

“那姑娘配什么人？是大老，还是二老呢？”

“是二老呀，等等你们看这岳云，就会上楼来拜他丈母娘的！”

另一个女人便插嘴说：“事弄同了，好得很呢！人家在大河边有一座崭新碾坊陪嫁，比十个长年还好一些。”

有人问：“二老怎么样？”

又有人就轻轻地说：“二老已说过了，这不必看。第一件事我就不想做那个碾坊的主人！”

“你听岳云二老说过吗？”

“我听别人说的。还说二老欢喜一个撑渡船的。”

“他又不是傻小二，不要碾坊，要渡船吗？”

“那谁知道。横顺人是‘牛肉炒韭菜，各人心里爱’，只看各人心里爱什么就吃什么。渡船不会不如碾坊！”

当时各人眼睛对着河里，口中说着这些闲话，却无一个人回头来注意到身后边的翠翠。

翠翠脸发火发烧走到另外一处去，又听有两个人提到这件事。且说：“一切早安排好了，只须要二老一句话。”又说：“只看二老今天那么一股劲儿，就可以猜想得出，这劲儿是岸上一个黄花姑娘给他的！”

谁是激动二老的黄花姑娘？

翠翠人矮了些，在人后背已望不见河中情形，只听到擂鼓声渐近渐激越，岸上呐喊声自远而近，便知道二老的船恰恰经过楼下。楼上人也大喊着，杂夹叫着二老的名字，乡绅太太那方面，且有人放小百子鞭炮。忽然又用另外一种惊讶声音喊着，且同时便见许多人出门向河下走去。翠翠不知出了什么事，心中有点迷乱，正不知走回原来座位边去好，还是依然站在人背后好。只见那边正有人拿了个托盘，装了一大盘粽子同细点心，在请乡绅太太小姐用点心，不好意思再过那边去，便想也挤出大门外到河下去看看。从河街一个盐店旁边甬道下河时，正在一排吊脚楼的梁柱间，迎面碰头一群人，拥着那个头包红布的二老来了。原来二老因失足落水，已从水中爬起来了。路太窄了一些，翠翠虽闪过一旁，与迎面来的人仍然得肘子触着肘子。二老一见翠翠就说：

“翠翠，你来了，爷爷也来了吗？”

翠翠脸还发着烧不便做声，心想：“黄狗跑到什么地方去了呢？”

二老又说：

“怎不到我家楼上去看呢？我已要人替你弄了个好位子。”

翠翠心想：“碾坊陪嫁，希奇事情咧。”

二老不能逼迫翠翠回去，到后便各自走开了。翠翠到河下时，小小心腔中充满了一种说不分明的东西。是烦恼吧，不是！是忧愁吧，不是！是快乐吧，不，有什么事情使这个女孩子快乐呢？是生气了吧，——是的，她当真仿佛觉得自己是在生一个人的气，又像是在生自己的气。河边人太多了，码头边浅水中，船桅船篷上，以至于吊脚楼的柱子上，无不挤满了人。翠翠自言自语说：“人那么多，有什么三脚猫好看？”先还以为可以在什么船上发现她的祖父，但各处搜寻了一阵，却无祖父的影子。她挤到水边去，一眼便看到了自己家中那条黄狗，同顺顺家一个长年，正在去岸数丈一只空船上看热闹。翠翠锐声叫喊了两声，黄狗张着耳叶昂头四面一望，便猛地扑下水中，向翠翠方面泅来了。到了身边时狗身上已全是水，把水抖着且跳跃不已，翠翠便说："得了，狗，装什么疯。你又不翻船，谁要你落水呢？"

翠翠同黄狗找祖父去，在河街上一个木行前恰好遇着了祖父。

老船夫说："翠翠，我看了个好碾坊，碾盘是新的，水车是新的，屋上稻草也是新的！水坝管着一绺（liǔ）水，急溜溜的，抽水闸板时水车转得如陀螺。"

翠翠带着点做作问："是什么人的？"

"是什么人的？住在山上的员外王团总的。我听人说是那中寨人为女儿作嫁妆的东西，好不阔气，包工就是七百吊大制钱，还不管风车，不管家私！"

"谁讨那个人家的女儿？"

祖父望着翠翠干笑着，"翠翠，大鱼咬你，大鱼咬你。"

翠翠因为对于这件事心中有了个数目，便仍然装着全不明白，只询问祖父："爷爷，什么人得到那个碾坊？"

"岳云二老！"祖父说了又自言自语地说："有人羡慕二老得到碾坊，也有人羡慕碾坊得到二老！"

"谁羡慕呢，爷爷？"

"我羡慕。"祖父说着便又笑了。

翠翠说："爷爷，你喝醉了。"

“可是二老还称赞你长得美呢。”

翠翠说：“爷爷，你疯了。”

祖父说：“爷爷不醉不疯，……去，我们到河边看他们放鸭子去。可惜我老了，不能下水里去捉只鸭子回家焖姜吃。”他还想说：“二老捉得鸭子，一定又会送给我们的。”话不及说，二老来了，站在翠翠面前微笑着。翠翠也笑着。

于是三个人回到吊脚楼上去。

十一

有人带了礼物到碧溪岨，掌水码头的顺顺，当真请了媒人为儿子向渡船的攀亲戚来了。老船夫慌慌张张把这个人渡过溪口，一同到家里去。翠翠正在屋门前剥豌豆，来了客并不如何注意。但一听到客人进门说“贺喜贺喜”，心中有事，不敢再蹲在屋门边，就装作追赶菜园地的鸡，拿了竹响篙唰唰地摇着，一面口中轻轻喝着，向屋后白塔跑去了。

来人说了些闲话，言归正传转述到顺顺的意见时，老船夫不知如何回答，只是很惊惶地搓着两只茧结的大手，好像这不会真有其事，而且神气中只像在说：“那好的，那妙的。”其实这老头子却不曾说过一句话。

来人把话说完后，就问做祖父的意见怎么样。老船夫笑着把头点着说：“大老想走车路，这个很好。可是我得问问翠翠，看她自己主张怎么样。”来人被打发走后，祖父在船头叫翠翠下河边来说话。

翠翠拿了一簸箕豌豆下到溪边，上了船，娇娇地问他的祖父：“爷爷，你有什么事？”祖父笑着不说什么，只偏着个白发盈颠的头看着翠翠，看了许久。翠翠坐到船头，有点不好意思，低下头去剥豌豆，耳中听着远处竹篁里的黄鸟叫。翠翠想：“日子长咧，爷爷话也长了。”翠翠心轻轻地跳着。

过了一会祖父说：“翠翠，翠翠，先前那个人来做什么，你知道不知道？”

翠翠说：“我不知道。”说后脸同颈脖全红了。

祖父看看那种情景，明白翠翠的心事了，便把眼睛向远处望去，在空雾里望见了十六年前翠翠的母亲，老船夫心中异常柔和了。轻轻地自言自语说：“每一只船总要有个码头，每一只雀儿得有个窠。”他同时想起那个可怜的母亲过去的事情，心中有了一点隐痛，却勉强笑着。

翠翠呢，正从山中黄鸟杜鹃叫声里，以及山谷中伐竹人嘭嘭一下一下的砍伐竹子声音里，想到许多事情。老虎咬人的故事，与人对骂时四句头的山歌，造纸作坊中的方坑，铁工场熔铁炉里泄出的铁汁，耳朵听来的，眼睛看到的，她似乎都要去温习温习。她所以这样做，又似乎全只为了希望忘掉眼前的一桩事而起。但她实在有点误会了。

祖父说：“翠翠，船总顺顺家里请人来做媒，想讨你做媳妇，问我愿不愿。我呢，人老了，再过三年两载会过去的，我没有不愿意的事情。这是你自己的事，你自己想想，自己来说。愿意，就成了；不愿意，也好。”

翠翠不知如何处理这个问题，装作从容，怯怯地望着老祖父。又不便问什么，当然也不好回答。

祖父又说：“大老是个有出息的人，为人又正直，又慷慨，你嫁了他，算是命好！”

翠翠弄明白了，人来做媒的是大老！不曾把头抬起，心忡忡地跳着，脸烧得厉害，仍然剥她的豌豆，且随手把空豆荚抛到水中去，望着它们在流水中从从容容地流去，自己也俨然从容了许多。

见翠翠总不做声，祖父于是笑了，且说：“翠翠，想几天不碍事。洛阳桥并不是一个晚上造得好的，要日子咧。前次那个人来就向我说起这件事，我已经就告过他：车是车路，马是马路，各有规矩。想爸爸作主，请媒人正正经经来说是车路；要自己作主，站到对溪高崖竹林里为你唱三年六个月的歌是马路，——你若欢喜走马路，我相信人家会为你在日头下唱热情的歌，在月光下唱温柔的歌，像只洋鹊一样一直唱到吐血喉咙烂！”

翠翠不做声，心中只想哭，可是也无理由可哭。祖父还是再说下去，便引到死过了的母亲来了。老人话说了一阵，沉默了。翠翠悄悄把头撂过一些，见祖父眼中业已酿了一汪眼泪。翠翠又惊又怕，怯生生地说：“爷爷，你怎么的？”祖父不做声，用大手掌擦着眼睛，小孩子似的咕咕笑着，跳上岸跑回家中去了。

翠翠心中乱乱的，想赶去却不赶去。

雨后放晴的天气，日头炙到人肩上背上已有了点儿力量。溪边芦苇水杨柳，菜园中菜蔬，莫不繁荣滋茂，带着一分有野性的生气。草丛里绿色蚱蜢各处飞着，翅膀搏动空气时皆嚁嚁作声。枝头新蝉声音虽不成腔却已渐渐宏大。两山深翠逼人的竹篁中，有黄鸟与竹雀杜鹃交递鸣叫。翠翠感觉着，望着，听着，同时也思索着：

“爷爷今年七十岁……三年六个月的歌——谁送那只白鸭子呢？……得碾子的好运气，碾子得谁更是好运气？……”

痴着，忽地站起，半簸箕豌豆便倾倒到水中去了。伸手把那簸箕从水中捞起时，隔溪有人喊过渡。

十二

翠翠第二天第二次在白塔下菜园地里，被祖父询问到自己主张时，仍然心儿憧憧地跳着，把头低下不作理会，只顾用手去掐葱。祖父笑着，心想：“还是等等看，再说下去，这一坪葱会全掐掉了。”同时似乎又觉得这其间有点古怪处，不好再说下去，便自己按捺住言语，用一个做作的笑话，把问题引到另外一件事情上去了。

天气渐渐的越来越热了。近六月时，天气热了些，老船夫把一个满是灰尘的黑陶缸子，从屋角隅里搬出，自己还匀出些闲工夫，拼了几方木板，做成一个圆盖。又锯木头做成一个三脚架子，且削刮了个大竹筒，用葛藤系定，放在缸边作为舀茶的家具。自从这茶缸移到屋门溪边后，每早上翠翠就烧一大锅开水，倒进那缸子里去。有时缸里加些茶叶，有时却只放下一些用火烧焦的锅巴，乘那东西还燃着时便抛进缸里去。老船夫且照例准备了些发痧肚痛治疱疮疡子的草根木皮，把这些药搁在家中当眼处，一见过渡人神气不对，就忙匆匆地把药取来，善意地勒迫这过路人使用他的药方，且告给人这许多救急丹方的来源（这些丹方自然全是他从城中军医同巫师学来的）。他终日裸着两只膀子，在溪中方头船上站定，头上还常常是光光的，一头短短白发，在日光下如银子。翠翠依然是个快乐人，屋前屋后跑着唱着，不走动时就坐在门前高崖树荫下吹小竹管儿玩。爷爷仿佛把大老提婚的事早已忘掉，翠翠自然也早忘掉这件事情了。

可是那做媒的不久又来探口气了，依然同从前一样，祖父把事情成否全推到翠翠身上去，打发了媒人上路。回头又同翠翠谈了一次，也依然不得结果。

老船夫猜不透这事情在这什么方面有个疙瘩，解除不去，夜里躺在床上便常常陷入一种沉思里去，隐隐约约体会到一件事情（指体会到翠翠爱二老不爱大老）。再想下去便是……想到了这里时，他笑了，为了害怕而勉强笑了。其实他有点忧愁，因为他忽然觉得翠翠一切全像那个母亲，而且隐隐约约便感觉到这母女二人共通的命运。一堆过去的事情蜂拥而来，不能再睡下去了，一个人便跑出门外，到那临溪高崖上去，望天上的星辰，听河边纺织娘和一切虫类如雨的声音，许久许久还不睡觉。

这件事翠翠自然是注意不及的，这小女孩子日子里尽管玩着，工作着，也同时为一些很神秘的东西驰骋她那颗小小的心，但一到夜里，却甜甜地睡眠了。

不过一切皆得在一份时间中变化。这一家安静平凡的生活，也因了一堆接连而来的日子，在人事上把那安静空气完全打破了。

船总顺顺家中一方面，则天保大老的事已被二老知道了，傩送二老同时也让他哥哥知道了弟弟的心事。这一对难兄难弟原来同时爱上了那个撑渡船的外孙女。这事情在本地人说来并不希奇，边地俗话说：“火是各处可烧的，水是各处可流的，日月是各处可照的，爱情是各处可到的。”有钱船总儿子，爱上一个弄渡船的穷人家女儿，不能成为希罕的新闻。有一点困难处，只是这两兄弟到了谁应取得这个女人做媳妇时，是不是也还得照茶峒人规矩，来一次流血的挣扎？

兄弟两人在这方面是不至于动刀的，但也不作兴有“情人奉让”，如大都市懦怯男子爱与仇对面时做出的可笑行为。

那哥哥同弟弟在河上游一个造船的地方，看他家中那一只新船，在新船旁把一切心事全告给了弟弟，且附带说明，这点念头还是两年前植下根基的。弟弟微笑着，把话听下去。两人从造船处沿了河岸又走到王乡绅新碾坊去，那大哥就说：

“二老，你运气倒好，做了团总女婿，有座碾坊；我呢，若把事情弄好了，我应当接那个老的手来划渡船了。我欢喜这个事情。我还想把碧溪岨两个山头买过来，在界线上种一片大南竹，围着这一条小溪作为我的砦子！”

那二老仍然默默地听着，把手中拿的一把弯月形镰刀随意斫削路旁的草木，到了碾坊时，却站住了向他哥哥说：

“大老，你信不信这女子心上早已有了个人？”

“我不信。”

“大老，你信不信这碾坊将来归我？”

“我不信。”

两人于是进了碾坊。

二老又说：“你不必——大老，我再问你，假若我不想得这座碾坊，却打量要那只渡船，而且这念头也是两年前的事，你信不信呢？”

那大哥听来真着了一惊，望了一下坐在碾盘横轴上的傩送二老，知道二老不是说谎，于是站近了一点，伸手在二老肩上拍打了一下，且想把二老拉下来。他明白了这件事，他笑了。他说："我相信的，你说的全是真话！"

二老把眼睛望着他的哥哥，很诚实地说：

"大老，相信我，这是真事。我早就那么打算到了。家中不答应，那边若答应了，我当真预备去弄渡船的！——你告我，你呢？"

"爸爸已听了我的话，为我要城里的杨马兵做保山，向刘渡船说亲去了！"大老说到这个求亲手续时，好像知道二老要笑他，又解释要保山去的用意，"只是因为老的说车有车路，马有马路，我就走了车路。"

"结果呢？"

"得不到什么结果。老的口上含李子，说不明白。"

"马路呢？"

"马路呢，那老的说若走马路，我得在碧溪岨对溪高崖上唱三年六个月的歌。把翠翠心子唱软，翠翠就归我了。"

"这并不是个坏主张！"

"是呀，一个结巴人话说不出还唱得出。可是这件事轮不到我了。我不是竹雀，不会唱歌。鬼知道那老人家存心是要把孙女儿嫁个会唱歌的水车，还是预备规规矩矩嫁个人！"

"那你怎么样？"

"我想告那老的，要他说句实在话。只一句话。不成，我跟船下桃源去了；成呢，便是要我撑渡船，我也答应了他。"

"唱歌呢？"

“二老，这是你的拿手好戏，你要去做竹雀你就赶快去吧，我不会捡马粪塞你嘴巴的。”

二老看到哥哥那种样子，便知道为这件事哥哥感到的是一种如何烦恼了。他明白他哥哥的性情，代表了茶峒人粗卤爽直一面，弄得好，掏出心子来给人也很慷慨做去，弄不好，亲舅舅也必一是一二是二。大老何尝不想在车路上失败时走马路；但他一听到二老的坦白陈述后，他就知道马路只二老有分，他自己的事不能提了。因此他有点气恼，有点愤慨，自然是无从掩饰的。

二老想出了个主意，就是两兄弟月夜里同过碧溪岨去唱歌，莫让人知道是弟兄两个，两人轮流唱下去，谁得到回答，谁便继续用那张唱歌胜利的嘴唇，服侍那划渡船的外孙女。大老不善于唱歌，轮到大老时也仍然由二老代替。两人凭命运来决定自己的幸福，这么办可说是极公平了。提议时，那大老还以为他自己不会唱，也不想请二老替他做竹雀。但二老那种诗人性格，却使他很固持地要哥哥实行这个办法。二老说必须这样做，一切方公平一点。

大老把弟弟提议想想，做了一个苦笑。“×娘的，自己不是竹雀，还请老弟做竹雀！好，就是这样子，我们各人轮流唱，我也不要你帮忙，一切我自己来吧。树林子里的猫头鹰，声音不动听，要老婆时，也仍然是自己叫下去，不请人帮忙的！”

两人把事情说妥当后，算算日子，今天十四，明天十五，后天十六，接连而来的三个日子，正是有大月亮天气。气候既到了中夏，半夜里不冷不热，穿了白家机布汗褂，到那些月光照及的高崖上去，遵照当地的习惯，很诚实与坦白去为一个“初生之犊”的黄花女唱歌。露水降了，歌声涩了，到应当回家了时，就趁残月赶回家去。或过那些熟识的整夜工作不息的碾坊里去，躺到温暖的谷仓里小睡，等候天明。一切安排皆极其自然，结果是什么，两人虽不明白，但也看得极其自然。两人便决定了从当夜起始，来作这种为当地习惯所认可的竞争。

十三

黄昏来时翠翠坐在家中屋后白塔下，看天空被夕阳烘成桃花色的薄云，十四中寨逢场，城中生意人过中寨收买山货的很多，过渡人也特别多，祖父在溪中渡船上忙个不息。天已快夜，别的雀子似乎都要休息了，只杜鹃叫个不息。石头泥土为白日晒了一整天，草木为白日晒了一整天，到这时节皆放散一种热气。空气中有泥土气味，有草木气味，且有甲虫类气味。翠翠看着天上的红云，听着渡口飘乡生意人的杂乱声音，心中有些儿薄薄的凄凉。

黄昏照样的温柔，美丽和平静。但一个人若体念到这个当前一切时，也就照样地在这黄昏中会有点儿薄薄的凄凉。于是，这日子成为痛苦的东西了。翠翠觉得好像缺少了什么。好像眼见到这个日子过去了，想在一件新的人事上攀住它，但不成。好像生活太平凡了，忍受不住。

“我要坐船下桃源县过洞庭湖，让爷爷满城打锣去叫我，点了灯笼火把去找我。”

她便同祖父故意生气似的，很放肆地去想到这样一件不可能事情，她且想象她出走后，祖父用各种方法寻觅她皆无结果，到后如何躺在渡船上。

人家喊“过渡，过渡，老伯伯，你怎么的！不管事!”“怎么的！翠翠走了，下桃源县了!”“那你怎么办?”“那怎么办吗？拿了把刀，放在包袱里，搭下水船去杀了她！”……

翠翠仿佛当真听着这种对话，吓怕起来了，一面锐声喊着她的祖父，一面从坎上跑向溪边渡口去。见到了祖父正把船拉在溪中心，船上人喁喁说着话，小小心子还依然跳跃不已。

“爷爷，爷爷，你把船拉回来呀！”

那老船夫不明白她的意思，还以为是翠翠要为他代劳了，就说：

“翠翠，等一等，我就回来！”

“你不拉回来了吗？”

“我就回来！”

翠翠坐在溪边，望着溪面为暮色所笼罩的一切，且望到那只渡船上一群过渡人，其中有个吸旱烟的打着火镰吸烟，把烟杆在船边剥剥地敲着烟灰，就忽然哭起来了。

祖父把船拉回来时，见翠翠痴痴地坐在岸边，问她是什么事，翠翠不作声。祖父要她去烧火煮饭，想了一会儿，觉得自己哭得可笑，一个人便回到屋中去，坐在黑黝黝的灶边把火烧燃后，她又走到门外高崖上去，喊叫她的祖父，要他回家里来。在职务上毫不儿戏的老船夫，因为明白过渡人皆是赶回城中吃晚饭的人，来一个就渡一个，不便要人站在那岸边呆等，故不上岸来。只站在船头告翠翠，不要叫他，且让他做点事，把人渡完事后，就会回家里来吃饭。

翠翠第二次请求祖父，祖父不理会，她坐在悬崖上，很觉得悲伤。

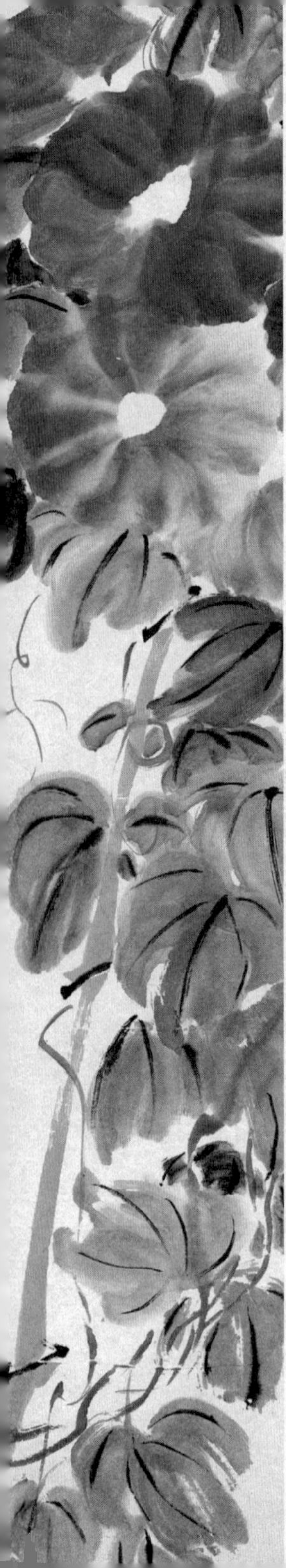

天夜了，有一匹大萤火虫尾上闪着蓝光，很迅速地从翠翠身旁飞过去，翠翠想，“看你飞得多远！”便把眼睛随着那萤火虫的明光追去。杜鹃又叫了。

“爷爷，为什么不上来？我要你！”

在船上的祖父听到这种带着娇有点儿埋怨的声音，一面粗声粗气地答道：“翠翠，我就来，我就来！”一面心中却自言自语：“翠翠，爷爷不在了，你将怎么样？”

老船夫回到家中时，见家中还黑黝黝的，只灶间有火光，见翠翠坐在灶边矮条凳上，用手蒙着眼睛。

走过去才晓得翠翠已哭了许久。祖父一个下半天来，皆弯着个腰在船上拉来拉去，歇歇时手也酸了，腰也酸了，照规矩，一到家里就会嗅到锅中所焖瓜菜的味道，且可看见翠翠安排晚饭在灯光下跑来跑去的影子。今天情形竟不同了一点。

祖父说：“翠翠，我来慢了，你就哭，这还成吗？我死了呢？”

翠翠不做声。

祖父又说：“不许哭，做一个大人，不管有什么事都不许哭。要硬扎一点，结实一点，才配活到这块土地上！”

翠翠把手从眼睛边移开，靠近了祖父身边去。“我不哭了。”

两人做饭时，祖父为翠翠述说起一些有趣味的故事。因此提到了死去了的翠翠的母亲。两人在豆油灯下把饭吃过后，老船夫因为工作疲倦，喝了半碗白酒，因此饭后兴致极好，又同翠翠到门外高崖上月光下去说故事。说了些那个可怜母亲的乖巧处，同时且说到那可怜母亲性格强硬处，使翠翠听来神往倾心。

翠翠抱膝坐在月光下，傍着祖父身边，问了许多关于那个可怜母亲的故事。间或吁一口气，似乎心中压上了些分量沉重的东西，想挪移得远一点，才吁着这种气，可是却无从把那种东西挪开。

月光如银子，无处不可照及，山上篁竹在月光下皆成为黑色。身边草丛中虫声繁密如落雨。间或不知道从什么地方，忽然会有一只草莺“嗃嗃嗃嗃嘘！”啭着她的喉咙，不久之间，这小鸟儿又好像明白这是半夜，不应当那么吵闹，便仍然闭着那小小眼儿安睡了。

祖父夜来兴致很好，为翠翠把故事说下去，就提到了本城人二十年前唱歌的风气，如何驰名于川黔边地。翠翠的父亲，便是当地唱歌的第一手，能用各种比喻解释爱与憎的结子，这些事也说到了。翠翠母亲如何爱唱歌，且如何同父亲在未认识以前在白日里对歌，一个在半山上竹篁里砍竹子，一个在溪面渡船上拉船，这些事也说到了。

翠翠问：“后来怎么样？”

祖父说：“后来的事当然长得很，最重要的事情，就是这种歌唱出了你。”

祖父于是沉默了，不曾说“唱出了你后也就死去了你的父亲和母亲。”

十四

老船夫做事累了睡了，翠翠哭倦了也睡了。翠翠不能忘记祖父所说的事情，梦中灵魂为一种美妙歌声浮起来了，仿佛轻轻地各处飘着，上了白塔，下了菜园，到了船上，又复飞窜过悬崖半腰——去做什么呢？摘虎耳草！白日里拉船时，她仰头望着崖上那些肥大虎耳草已极熟习。崖壁三五丈高，平时攀折不到手，这时节却可以选顶大的叶子作伞。

一切皆像是祖父说的故事，翠翠只迷迷糊糊地躺在粗麻布帐子里草荐上，以为这梦做得顶美顶甜。祖父却在床上醒着，张起个耳朵听对溪高崖上的人唱了半夜的歌。他知道那是谁唱的，他知道是河街上天保大老走马路的第一著，因此又忧愁又快乐地听下去。翠翠因为日里哭倦了，睡得正好，他就不去惊动她。

第二天天一亮，翠翠同祖父起身了，用溪水洗了脸，把早上说梦的忌讳去掉了，翠翠赶忙同祖父去说昨晚上所梦的事情。

"爷爷，你说唱歌，我昨天就在梦里听到一种顶好听的歌声，又软又缠绵，我像跟了这声音各处飞，飞到对溪悬崖半腰，摘了一大把虎耳草，得到了虎耳草，我可不知道把这个东西交给谁去了。我睡得真好，梦得真有趣！"

祖父温和悲悯地笑着，并不告给翠翠昨晚上的事实。

祖父心里想："做梦一辈子更好，还有人在梦里做宰相咧。"

昨晚上唱歌的，老船夫还以为是天保大老，日来便要翠翠守船，借故到城里去送药，探探情形。在河街见到了大老，就一把拉住那小伙子，很快乐地说：

“大老，你这个人，又走车路又走马路，是怎样一个狡猾东西！”

但老船夫却做错了一件事情，把昨晚唱歌人“张冠李戴”了。这两弟兄昨晚上同时到碧溪岨去，为了做哥哥的走车路占了先，无论如何也不肯先开腔唱歌，一定得让那弟弟先唱。弟弟一开口，哥哥却因为明知不是敌手，更不能开口了。翠翠同她祖父晚上听到的歌声，便全是那个傩送二老所唱的。大老伴弟弟回家时，就决定了同茶峒地方离开，驾家中那只新油船下驶，好忘却了上面的一切。这时正想下河去看新油船装货。老船夫见他神情冷冷的，不明白他的意思，就用眉眼做了一个可笑的记号，表示他明白大老的冷淡处是装成的，表示他有好消息可以奉告。他拍了大老一下，翘起一个大拇指轻轻地说：

“你唱得很好，别人在梦里听着你那个歌，为那个歌带得很远，走了不少的路！你是第一号，是我们地方唱歌第一号。”

大老望着弄渡船的老船夫涎皮的老脸，轻轻地说：

“算了吧，你把宝贝孙女儿送给会唱歌的竹雀吧。”

这句话使老船夫完全弄不明白它的意思。大老从一个吊脚楼甬道走下河去了，老船夫也跟着下去。到了河边，见那只新船正在装货，许多油篓子搁在河岸边。一个水手正在用茅草扎成长束，备作船舷上挡浪用的茅把。还有人坐在河边石头上，用脂油擦抹桨板。老船夫问那个水手，这船什么日子下行，谁押船，那水手把手指着大老。老船夫搓着手说：

“大老，听我说句正经话，你那件事走车路，不对；走马路，你有分的！”

那大老把手指着窗口说：“伯伯，你看那边，你要竹雀做孙女婿，竹雀在那里啊！”

老船夫抬头望到二老，正在窗口整理一个鱼网。

回碧溪岨到渡船上时，翠翠问：

“爷爷，你同谁吵了架，脸色那样难看！”

祖父莞尔而笑，他到城里的事情，不告给翠翠一个字。

十五

大老坐了那只新油船向下河走去了，留下傩送二老在家。老船夫方面还以为上次歌声既归二老唱的，在此后几个日子里，自然还会听到那种歌声。一到了晚间就故意从别样事情上，促翠翠注意夜晚的歌声。两人吃完饭坐在屋里，因屋前滨水，长脚蚊子一到黄昏就嗡嗡地叫着，翠翠便把蒿艾束成的烟包点燃，向屋中角隅各处晃着驱逐蚊子。晃了一阵，估计全屋子里已为蒿艾烟气熏透了，方把烟包搁到床前地上去，再坐在小板凳上来听祖父说话。从一些故事上慢慢地谈到了唱歌，祖父话说得很妙。祖父到后发问道：

“翠翠，梦里的歌可以使你爬上高崖去摘那虎耳草，若当真有谁来在对溪高崖上为你唱歌，你预备怎么样？”祖父把话当笑话说着的。

翠翠便也当笑话答道：“有人唱歌我就听下去，他唱多久我也听多久！”

“唱三年六个月呢？”

“唱得好听，我听三年六个月。”

“这不大公平吧。”

“怎么不公平？为我唱歌的人，不是极愿意我长远听他唱歌吗？”

“照理说：炒菜要人吃，唱歌要人听。可是人家为你唱，是要你懂他歌里的意思！”

“爷爷，懂歌里什么意思？”

“自然是他那颗想同你要好的真心！不懂那点心事，不是同听竹雀唱歌一样吗？”

“我懂了他的心又怎么样？”

祖父用拳头把自己腿重重地捶着，且笑着：“翠翠，你人乖，爷爷笨得很，话也说得不温柔，莫生气。我信口开河，说个笑话给你听。你应当当笑话听。河街天保大老走车路，请保山来提亲，我告给过你这件事了，你那神气不愿意，是不是？可是，假若那个人还有个兄弟，走马路，为你来唱歌，向你攀交情，你将怎么说？”

翠翠吃了一惊，低下头去。因为她不明白这笑话有几分真，又不清楚这笑话是谁诌的。

祖父说：“你告诉我，愿意哪一个？”

翠翠便勉强笑着轻轻地带点儿恳求的神气说：

“爷爷莫说这个笑话吧。”翠翠站起身了。

“我说的若是真话呢？”

“爷爷你真是个……”翠翠说着走出去了。

祖父说：“我说的是笑话，你生我的气吗？”

翠翠不敢生祖父的气，走近门限边时，就把话引到另外一件事情上去：“爷爷看天上的月亮，那么大！”说着，出了屋外，便在那一派清光的露天中站定。站了一忽儿，祖父也从屋中出到外边来了。翠翠于是坐到那白日里为强烈阳光晒热的岩石上去，石头正散发日间所储的余热。祖父就说：

“翠翠，莫坐热石头，免得生坐板疮。”

但自己用手摸摸后，自己便也坐到那岩石上了。

月光极其柔和，溪面浮着一层薄薄白雾，这时节对溪若有人唱歌，隔溪应和，实在太美丽了。翠翠还记着先前祖父说的笑话。耳朵又不聋，祖父的话说得极分明，一个兄弟走马路，唱歌来打发这样的晚上，算是怎么一回事？她似乎为了等着这样的歌声，沉默了许久。

她在月光下坐了一阵，心里却当真愿意听一个人来唱歌。久之，对溪除了一片草虫的清音复奏以外别无所有。翠翠走回家里去，在房门边摸着了那个芦管，拿出来在月光下自己吹着。觉吹得不好，又递给祖父要祖父吹。老船夫把那个芦管竖在嘴边，吹了个长长的曲子，翠翠的心被吹柔软了。

翠翠依傍祖父坐着，问祖父：

“爷爷，谁是第一个做这个小管子的人？”

“一定是个最快乐的人做的，因为他分给人的也是许多快乐；可又像是个最不快乐的人做的，因为他同时也可以引起人不快乐！”

“爷爷，你不快乐了吗？生我的气了吗？”

“我不生你的气。你在我身边，我很快乐。”

“我万一跑了呢？”

“你不会离开爷爷的。”

“万一有这种事，爷爷你怎么样？”

“万一有这种事，我就驾了这只渡船去找你。”

翠翠嗤地笑了。“凤滩茨滩不为凶，上面还有绕鸡笼；绕鸡笼也容易下，青浪滩浪如屋大。爷爷，你渡船也能下凤滩茨滩青浪滩吗？那些地方的水，你不说过全是像疯子，毫不讲道理？”

祖父说：“翠翠，我到那时可真像疯子，还怕大水大浪？”

翠翠俨然极认真地想了一下，就说：“爷爷，我一定不走。可是，你会不会走？你会不会被一个人抓到别处去？”

祖父不做声了，他想到不犯王法不怕官，只有被死亡抓走那一类事情。

老船夫打量着自己被死亡抓走以后的情形，痴痴地看望天南角上一颗星子，心想：“七月八月天上方有流星，人也会在七月八月死去吧？”又想起白日在河街上同大老谈话的经过，想起中寨人陪嫁的那座碾坊，想起二老，想起一大堆事情，心中有点儿乱。

翠翠忽然说：“爷爷，你唱个歌给我听听，好不好？”

祖父唱了十个歌，翠翠傍在祖父身边，闭着眼睛听下去，等到祖父不作声时，翠翠自言自语说：“我又摘了一把虎耳草了。”

祖父所唱的歌，原来便是那晚上听来的歌。

十六

二老有机会唱歌却从此不再到碧溪岨唱歌。十五过去了，十六也过去了，到了十七，老船夫忍不住了，进城往河街去找寻那个年轻小伙子，到城门边正预备入河街时，就遇着上次为大老作保山的杨马兵，正牵了一匹骡马预备出城，一见老船夫，就拉住了他：

“伯伯，我正有事情告你，碰巧你就来城里！”

“什么事情？”

“天保大老坐下水船到茨滩出了事，闪不知这个人掉到滩下漩水里就淹坏了。早上顺顺家里得到这个信息，听说二老一早就赶去了。”

这个不吉消息同有力巴掌一样，重重地掴了老船夫那么一下，他不相信这是当真的消息。他故作从容地说：

“天保大老淹坏了吗？从不听说有水鸭子被水淹坏的！”

“可是那只水鸭子仍然有那么一次被淹坏了……我赞成你的卓见，不让那小子走车路十分顺手。”

从马兵言语上，老船夫还十分怀疑这个新闻，但从马兵神气上注意，老船夫却看清楚这是个真的消息了。他惨惨地说：

“我有什么卓见可说？这是天意！一切都有天意。……”老船夫说时心中充满了感情。

特为证明那马兵所说的话有多少可靠处，老船夫同马兵分手后，于是匆匆赶到河街上去。到了顺顺家门前，正有人烧纸钱，许多人围在一处说话。搀加进去听听，所说的便是杨马兵提到的那件事。但一到有人发现了身后的老船夫时，大家便把话语转了方向，故意来谈下河油价涨落情形了。老船夫心中很不安，正想找一个比较要好的水手谈谈。

一会儿船总顺顺从外面回来了，样子沉沉的，这豪爽正直的中年人，正似乎为不幸打倒，努力想挣扎爬起的神气，一见到老船夫就说：

“老伯伯，我们谈的那件事情吹了吧。天保大老已经坏了，你知道了吧？”

老船夫两只眼睛红红的，把手搓着：“怎么的，这是真事！这不会是真事！是昨天，是前天？”

另一个像是赶路，回来报信的，便插嘴说道：“十六中上，船搁到石包子上，船头进了水，大老想把篙撇着，人就弹到水中去了。”

老船夫说：“你眼见他下水吗？”

“我还和他同时下水！”

“他说什么？”

“什么都来不及说！这几天来他都不说话！”

老船夫把头摇摇，向顺顺那么怯怯地瞄了一眼。船总顺顺像知道他的心中不安处，就说：“伯伯，一切是天，算了吧。我这里有大兴场人送来的好烧酒，你拿一点去喝吧。”一个伙计用竹筒子上了一筒酒，用新桐木叶蒙着筒口，交给了老船夫。

老船夫把酒拿走，到了河街后，低头向河码头走去，到河边天保大前天上船处去看看。杨马兵还在那里放马到沙地上打滚，自己坐在柳树荫下乘凉。老船夫就走过去请马兵试试那大兴场的烧酒，两人喝了点酒后，兴致似乎好些了，老船夫就告给杨马兵，十四夜里二老两兄弟过碧溪岨唱歌那件事情。

那马兵听到后便说：

“伯伯，你是不是以为翠翠愿意二老，应该派归二老……”

话不说完，傩送二老却从河街下来了。这年轻人正像要远行的样子，一见了老船夫就回头走去。杨马兵就喊他说：“二老，二老，你来，我有话同你说呀！”

二老站定了，很不高兴神气，问马兵“有什么话说。”马兵望望老船夫，就向二老说："你来，有话说！"

"什么话？"

"我听人说你已经走了——你过来我同你说，我不会吃掉你！你什么时候走？"

那黑脸宽肩膊，样子虎虎有生气的傩送二老，勉强似的笑着，到了柳荫下时，老船夫想把空气缓和下来，指着河上游远处那座新碾坊说："二老，听人说那碾坊将来是归你的！归了你，派我来守碾子，行不行？"

二老仿佛听不惯这个询问的用意，便不做声。杨马兵看风头有点儿僵，便说："二老，你怎么的，预备下去吗？"那年轻人把头点点，不再说什么，就走开了。

老船夫讨了个没趣，很懊恼地赶回碧溪岨去，到了渡船上时，就装作把事情看得极随便似的，告给翠翠：

"翠翠，今天城里出了件新鲜事情，天保大老驾油船下辰州，运气不好，掉到茨滩淹坏了。"

翠翠因为听不懂，对于这个报告最先好像全不在意。祖父又说：

"翠翠，这是真事。上次来到这里做保山

的那个杨马兵，还说我早不答应亲事，极有见识！”

翠翠瞥了祖父一眼，见他眼睛红红的，知道他喝了酒，且有了点事情不高兴，心中想：“谁撩你生气？”船到家边时，祖父不自然地笑着向家中走去。翠翠守船，半天不闻祖父声息，赶回家去看看，见祖父正坐在门槛上编草鞋耳子。

翠翠见祖父神气极不对，就蹲到他身前去。

“爷爷，你怎么的？”

“天保当真死了！二老生了我们的气，以为他家中出这件事情，是我们分派的！”

有人在溪边大喊渡船过渡，祖父匆匆出去了。翠翠坐在那屋角隅稻草上，心中极乱，等等还不见祖父回来，就哭起来了。

十七

祖父似乎生谁的气，脸上笑容减少了，对于翠翠方面也不大注意了。翠翠像知道祖父已不很疼她，但又像不明白它的原因。但这并不是很久的事，日子一过去，也就好了。两人仍然划船过日子，一切依旧，惟对于生活，却仿佛什么地方有了个看不见的缺口，始终无法填补起来。祖父过河街去仍然可以得到船总顺顺的款待，但很明显的事，那船总却并不忘掉死去者死亡的原因。二老出白河下辰州走了六百里，沿河找寻那个可怜哥哥的尸骸，毫无结果，在各处税关上贴下招字，返回茶峒来了。过不久，他又过川东去办货，过渡时见到老船夫。老船夫看看那小伙子，好像已完全忘掉了从前的事情，就同他说话。

“二老，大六月日头毒人，你又上川东去，不怕辛苦？”

“要饭吃，头上是火也得上路！”

“要吃饭！二老家还少饭吃！”

“有饭吃，爹爹说年轻人也不应该在家中白吃不做事！”

“你爹爹好吗？”

“吃得做得，有什么不好。”

“你哥哥坏了，我看你爹爹为这件事情也好像萎悴多了！”

二老听到这句话，不做声了，眼睛望着老船夫屋后那个白塔。他似乎想起了过去那个晚上，那件旧事，心中十分惆怅。

老船夫怯怯地望了年轻人一眼，一个微笑在脸上漾开。

“二老，我家里翠翠说，五月里有天晚上，做了个梦……”说时他又望望二老，见二老并不惊讶，也不厌烦，于是又接着说：“她梦得古怪，说在梦中被一个人的歌声浮起来，上对溪悬岩摘了一把虎耳草！”

二老把头偏过一旁去做了一个苦笑，心中想到“老头子倒会做作”。这点意思在那个苦笑上，仿佛同样泄露出来，仍然被老船夫看到了，老船夫显得有点慌张，就说：“二老，你不相信吗？”

那年轻人说：“我怎么不相信？因为我做傻子在那边岩上唱过一晚的歌！”

老船夫被一句料想不到的老实话窘住了，口中结结巴巴地说：“这是真的……这是假的……”

“怎么不是真的？天保大老的死，难道不是真的！”

“可是，可是……”

老船夫的做作处，原意只是想把事情弄明白一点，但一起始自己叙述这段事情时，方法上就有了错处，故反为被二老误会了。他这时正想把那夜的情形好好说出来，船已到了岸边。二老一跃上了岸，就想走去。老船夫在船上显得更加忙乱的样子说：

“二老，二老，你等等，我有话同你说，你先前不是说到那个——你做傻子的事情吗？你并不傻，别人方当真为你那歌弄成傻相！”

那年轻人虽站定了，口中却轻轻地说：“得了够了，不要说了。”

老船夫说：“二老，我听人说你不要碾子要渡船，这是杨马兵说的，不是真的打算吧？”

那年轻人说：“要渡船又怎样？”

老船夫看看二老的神气，心中忽然高兴起来了，就情不自禁地高声叫着翠翠，要她下溪边来。可是事不凑巧，不知翠翠是故意不从屋里出来，还是到别处去了，许久还不见到翠翠的影子，也不闻这个女孩子的声音。二老等了一会看看老船夫那副神气，一句不说，便微笑着，大踏步同一个挑担粉条白糖货物的脚夫走去了。

过了碧溪岨小山，两人应沿着一条曲曲折折的竹林走去，那个脚夫这时节开了口：

“傩送二老，我看那弄渡船的神气，很欢喜你！”

二老不做声，那人就又说道：

“二老，他问你要碾坊还是要渡船，你当真预备做他的孙女婿，接替他那只破渡船吗？”

二老笑了，那人又说：

“二老若这件事派给我，我要那座碾坊。一座碾坊的出息，每天可收七升米，三斗糠。”

二老说：“我回来时和我爹爹去说，为你向中寨人做媒，让你得到那座碾坊吧。至于我呢，我想弄渡船是很好的。只是老的为人弯弯曲曲，不索利，大老是他弄死的。”

老船夫见了二老那么走去了，翠翠还不出来，心中很不快乐。走回家中看看，原来翠翠并不在家。过一会，翠翠提了个篮子从小山后回来了，方知道大清早翠翠已出门掘竹鞭笋去了。

“翠翠，我喊了你好久，你不听到！”

“做什么喊我？”

“一个过渡，……一个熟人，我们谈起你，……我喊你你可不答应！”

“是谁？”

“你猜，翠翠。不是陌生人，……你认识他！”

翠翠想起适间从竹林里无意中听来的话，脸红了，半天不说话。

老船夫问：“翠翠，你得了多少鞭笋？”

翠翠把竹篮向地下一倒，除了十来根小小鞭笋外，只是一大把虎耳草。

老船夫望了翠翠一眼，翠翠两颊绯红跑了。

十八

日子平平地过了一个月，一切人心上的病痛，似乎皆在那么份长长的白日下医治好了。天气特别热，各人皆只忙着流汗，用凉水淘江米酒吃，不用什么心事，心事在人生活中，也就留不住了。翠翠每天皆到白塔下背太阳的一面去午睡，高处既极凉快，两山竹篁里叫得使人发松的竹雀，与其他鸟类，又如此之多，致使她在睡梦里尽为山鸟歌声所浮着，做的梦便常是顶荒唐的梦。

这不是人生罪过。诗人们会在一件小事上写出一整本整部的诗，雕刻家在一块石头上雕得出的骨血如生的人像，画家一撇儿绿，一撇儿红，一撇儿灰，画得出一幅一幅带有魔力的彩画，谁不是为了惦着一个微笑的影子，或是一个皱眉的记号，方弄出那么些古怪成绩？翠翠不能用文字，不能用石头，不能用颜色，把那点心头上的爱憎移到别一件东西上去，却只让她的心，在一切顶荒唐事情上驰骋。她从这分稳秘里，便常常得到又惊又喜的兴奋。一点儿不可知的未来，摇撼她的情感极厉害，她无从完全把那种痴处不让祖父知道。

祖父呢，可以说一切都知道了的。但事实上他又却是个一无所知的人。他明白翠翠不讨厌那个二老，却不明白那小伙子二老近来怎么样。他从船总处与二老处，皆碰过了钉子，但他并不灰心。

“要安排得对一点，方合道理，一切有个命！”他那么想着，就更显得好事多磨起来了。睁着眼睛时，他做的梦比那个外孙女翠翠便更荒唐更寥阔。

他向各个过渡本地人打听二老父子的生活，关切他们如同自己家中人一样。但也古怪，因此他却怕见到那个船总同二老了。一见他们他就不知说些什么，只是老脾气把两只手搓来搓去，从容处完全失去了。二老父子方面皆明白他的意思，但那个死去的人，却用一个凄凉的印象，镶嵌到父子心中，两人便对于老船夫的意思，俨然全不明白似的，一同把日子打发下去。

明明白白夜来并不作梦，早晨同翠翠说话时，那做祖父的会说：

“翠翠，翠翠，我昨晚上做了个好不怕人的梦！”

翠翠问：“什么怕人的梦？”

就装作思索梦境似的，一面细看翠翠小脸长眉毛，一面说出他另一时张着眼睛所做的好梦。不消说，那些梦原来都并不是当真怎样使人吓怕的。

一切河流皆得归海，话起始说得纵极远，到头来总仍然是归到使翠翠红脸那件事情上去。待到翠翠显得不大高兴，神气上露出受了点小窘时，这老船夫又才像有了一点儿吓怕，忙着解释，用闲话来遮掩自己所说到那问题的原意。

“翠翠，我不是那么说，我不是那么说。爷爷老了，胡涂了，笑话多咧。”

但有时翠翠却静静地把祖父那些笑话糊涂话听下去，一直听到后来还抿着嘴儿微笑。

翠翠也会忽然说道：

“爷爷，你真是有一点儿糊涂！”

祖父听过了不再做声，他将说，“我有一大堆心事”，但来不及说，恰好就被过渡人喊走了。

天气热了，过渡人从远处走来，肩上挑的是七十斤担子，到了溪边，贪凉快不即走路，必蹲在岩石下茶缸边喝凉茶，与同伴交换“吹吹棒”烟管，且一面与弄渡船的攀谈。许多天上地下子虚乌有的话皆从此说出口来，给老船夫听到了。过渡人有时还因溪水清洁，就溪边洗脚抹澡的，坐得更久话也就更多。祖父把这些话转说给翠翠，翠翠也就学懂了许多事情。货物的价钱涨落呀，坐轿搭船的用费呀，放木筏的人把他那个木筏从滩上流下时，十来把大招子如何活动呀，在小烟船上吃荤烟，大脚婆娘如何烧烟呀……无一不备。

傩送二老从川东押物回到了茶峒。时间已近黄昏了，溪面很寂静，祖父同翠翠在菜园地里看萝卜秧子。翠翠白日中觉睡久了些，觉得有点寂寞，好像听人嘶声喊过渡，就争先走下溪边去。下坎时，见两个人站在码头边，斜阳影里背身看得极分明，正是傩送二老同他家中的长年！翠翠大吃一惊，同小兽物见到猎人一样，回头便向山竹林里跑掉了。但那两个在溪边的人，听到脚步响时，一转身，也就看明白这件事情了。等了一下再也不见人来，那长年又嘶声音喊叫过渡。

老船夫听得清清楚楚，却仍然蹲在萝卜秧地上数菜，心里觉得好笑。他已见到翠翠走去，他知道必是翠翠看明白了过渡人是谁，故意蹲在那高岩上不理会。翠翠人小不管事，过渡人求她不干，奈何她不得，故只好嘶着个喉咙叫过渡了。那长年叫了几声，见没有人来，就停了，同二老说：“这是什么玩意儿，难道老的害病弄翻了，只剩下翠翠一个人了吗？”二老说：“等等看，不算什么！”就等了一阵。因为这边在静静地等着，园地上老船夫却在心里想："难道是二老吗？"他仿佛担心搅恼了翠翠似的，就仍然蹲着不动。

但再过一阵，溪边又喊起过渡来了，声音不同了一点，这才真是二老的声音。生气了吧？等久了吧？吵嘴了吧？老船夫一面胡乱估着，一面连奔带窜跑到溪边去。到了溪边，见两个人业已上了船，其中之一正是二老。老船夫惊讶地喊叫：

"呀，二老，你回来了！"

年轻人很不高兴似的，"回来了，——你们这渡船是怎么的，等了半天也不来个人！"

"我以为——"老船夫四处一望，并不见翠翠的影子，只见黄狗从山上竹林里跑来，知道翠翠上山了，便改口说："我以为你们过了渡。"

"过了渡！不得你上船，谁敢开船？"那长年说着，一只水鸟掠着水面飞去，"翠鸟儿归窠了，我们还得赶回家去吃夜饭！"

"早咧，到河街早咧，"说着，老船夫已跳上了船，且在心中一面说着，"你不是想承继这只渡船吗！"一面把船索拉动，船便离岸了。

"二老，路上累得很！……"

老船夫说着，二老不置可否不动感情听下去。船拢了岸，那年轻小伙子同家中长年话也不说挑担子翻山走了。那点淡漠印象留在老船夫心上，老船夫于是在两个人身后，捏紧拳头威吓了三下，轻轻地吼着，把船拉回去了。

十九

翠翠向竹林里跑去，老船夫半天还不下船，这件事从傩送二老看来，前途显然有点不利。虽老船夫言词之间，无一句话不在说明“这事有边”，但那畏畏缩缩的说明，极不得体，二老想起他的哥哥，便把这件事曲解了。他有一点愤愤不平，有一点儿气恼。回到家里第三天，中寨有人来探口风，在河街顺顺家中住下，把话问及顺顺，想明白二老的心中，是不是还有意接受那座新碾坊，顺顺就转问二老自己意见怎么样。

二老说：“爸爸，你以为这事为你，家中多座碾坊多个人，你可以快活，你就答应了。若果为的是我，我要好好去想一下，过些日子再说它吧。我还不知道我应当得座碾坊，还应当得一只渡船；因为我命里或只许我撑个渡船！”

探口风的人把话记住，回中寨去报命，到碧溪岨过渡时，见到了老船夫，想起二老说的话，不由得不眯眯地笑着。老船夫问明白了他是中寨人，就又问他上城做些什么事。

那心中有分寸的中寨人说：

“什么事也不做，只是过河街船总顺顺家里坐了一会儿。”

“无事不登三宝殿，坐了一定就有话说！”

“话倒说了几句。”

“说了些什么话？”那人不再说了。老船夫却问道：“听说你们中寨人想把河边一座碾坊连同家中闺女送给河街上顺顺，这事情有不有了点眉目？”

那中寨人笑了，“事情成了。我问过顺顺，顺顺很愿意和中寨人结亲家，又问过那小伙子……”

“小伙子意思怎么样？”

“他说：我眼前有座碾坊，有条渡船，我本想要渡船，现在就决定要碾坊吧。渡船是活动的，不如碾坊固定，这小子会打算盘呢。”

中寨人是个米场经纪人，话说得极有斤两，他明知道“渡船”指的是什么意思，但他可并不说穿。他看到老船夫口唇蠕动，想要说话，中寨人便又抢着说道：

“一切皆是命，半点不由人。可怜顺顺家那个大老，相貌一表堂堂，会淹死在水里！”

老船夫被这句话在心上戳了一下，把想问的话咽住了。中寨人上岸走去后，老船夫闷闷地立在船头，痴了许久。又把二老日前过渡时落漠神气温习一番，心中大不快乐。

翠翠在塔下玩得极高兴，走到溪边高岩上想要祖父唱唱歌，见祖父不理会她，一路埋怨赶下溪边去，到了溪边方见到祖父神气十分沮丧，可不明白为什么原因。翠翠来了，祖父看看翠翠的快活黑脸儿，粗卤地笑笑。对溪有扛货物过渡的，便不说什么，沉默地把船拉过溪南，到了中心却大声唱起歌来了。把人渡了过溪，祖父跳上码头走近翠翠身边来，还是那么粗卤地笑着，把手抚着头额。

翠翠说：

“爷爷怎么的，你发痧了？你躺到荫下去歇歇，我来管船！”

“你来管船，好的妙的，这只船归你管！”

老船夫似乎当真发了痧，心头发闷，虽当着翠翠还显出硬扎样子，独自走回屋里后，找寻得到一些碎瓷片，在自己臂上腿上扎了几下，放出了些乌血，就躺在床上睡了。

翠翠自己守船，心中却古怪的快乐高兴，心想：“爷爷不为我唱歌，我自己会唱！”

她唱了许多歌，老船夫躺在床上闭着眼睛，一句一句听下去，心中极乱。但他知道这不是能够把他打倒的大病，到明天就仍然会爬起来的。他想明天进城，到河街去看看，又想起许多旁的事情。

但到了第二天，人虽起了床，头还沉沉的。祖父当真已病了。翠翠显得懂事了些，为祖父煎了一罐大发药，逼着祖父喝，又觅过屋后菜园地里摘取蒜苗泡在米汤里作酸蒜苗。一面照料船只，一面还时时刻刻抽空赶回家里来看祖父，问这样那样。祖父可不说什么，只是为了一个秘密痛苦着。躺了三天，人居然好了。屋前屋后走动了一下，骨头还硬硬的，心中惦念到一件事情，便预备进城过河街去。翠翠看不出祖父有什么要紧事情，必须当天入城，请求他莫去。

老船夫把手搓着，估量到是不是应说出那个理由。在面前，翠翠一张黑黑的瓜子脸，一双水汪汪的眼睛，使他吁了一口气。

他说："我有要紧事情，得今天去！"

翠翠苦笑着说："有多大要紧事情，还不是……"

老船夫知道翠翠脾气，听翠翠口气已有点不高兴，不再说要走了，把预备带走的竹筒，同扣花褡裢搁到长几上后，带点儿谄媚笑着说："不去吧，你担心我会把自己摔死，我就不去吧。我以为天气早上不很热，到城里把事办完了就回来——不去也得，我明天去！"

翠翠轻声地温柔地说："你明天去也好，你腿还软！好好地躺一天再起来。"

老船夫似乎心中还不甘服，撒着两手走出去，在门限边一个打草鞋的棒槌，差点儿把他绊了一大跤。稳住了时翠翠苦笑着说："爷爷，你瞧，还不服气！”老船夫拾起那棒槌，向屋角隅摔去，说道：“爷爷老了！过几天打豹子给你看！”

到了午后，落了一阵行雨，老船夫却同翠翠好好商量，仍然进了城。翠翠不能陪祖父进城，就要黄狗跟去。老船夫在城里被一个熟人拉着谈了许久盐价米价，又过守备衙门看了一会厘今局长新买的骡马，方到河街顺顺家里去。到了那里，见顺顺正同三个人打纸牌，不便谈话，就站在身后看了一阵牌，后来顺顺请他喝酒，借口病刚好点不敢喝酒，推辞了。牌既不散场，老船夫又不想即走，顺顺似乎并不明白他等着有何话说，却只注意手中的牌。后来老船夫的神气倒为另外一个人看出了，就问他是不是有什么事情。老船夫方忸忸怩怩照老方子搓着他那两只大手，说别的事没有，只想同船总说两句话。

那船总方明白在身后看牌半天的理由，回头对老船夫笑将起来。

“怎不早说？你不说，我还以为你在看我牌学张子。”

“没有什么，只是三五句话，我不便扫兴，不敢说出。”

船总把牌向桌上一撒，笑着向后房走去了，老船夫跟在身后。

“什么事？”船总问着，神气似乎先就明白了他来此要说的话，显得略微有点儿怜悯的样子。

“我听一个中寨人说你预备同中寨团总打亲家，是不是真事？”

船总见老船夫的眼睛盯着他的脸，想得一个满意的回答，就说：“有这事情。”那么答应，意思却是：“有了你怎么样？”

老船夫说：“真的吗？”

那一个又很自然地说：“真的。”意思却依旧包含了“真的又怎么样？”一个疑问。

老船夫装得很从容地问：“二老呢？”

船总说：“二老坐船下桃源好些日子了！”

二老下桃源的事，原来还同他爸爸吵了一阵方走的。船总性情虽异常豪爽，可不愿意间接把第一个儿子弄死的女孩子，又来做第二个儿子的媳妇，这是很明白的事情。若照当地风气，这些事认为只是小孩子的事，大人管不着，二老当真欢喜翠翠，翠翠又爱二老，他也并不反对这种爱怨纠缠的婚姻。但不知怎么的，老船夫对于这件事情的关心处，使二老父子对于老船夫反而有了一点误会。船总想起家庭间的近事，以为全与这老而好事的船夫有关，虽不见诸形色，心中却有个疙瘩。

船总不让老船夫再开口了，就语气略粗地说道：

“伯伯，算了吧，我们的口只应当喝酒了，莫再只想替儿女唱歌！你的意思我全明白，你是好意。可是我也求你明白我的意思，我以为我们只应当谈点自己分上的事情，不适宜于想那些年轻人的门路了。”

老船夫被一个闷拳打倒后，还想说两句话，但船总却不让他再有说话机会，把他拉出到牌桌边去。

老船夫无话可说，看看船总时，船总虽还笑着谈到许多笑话，心中却似乎很沉郁，把牌用力掷到桌上去。老船夫不说什么，戴起他那个斗笠，自己走了。

天气还早，老船夫心中很不高兴，又进城去找杨马兵。那马兵正在喝酒，老船夫虽推病，也免不了喝个三五杯。回到碧溪岨，走得热了一点，又用溪水去抹身子。觉得很疲倦，就要翠翠守船，自己回家睡去了。

黄昏时天气十分郁闷，溪面各处飞着红蜻蜓。天上已起了云，热风把两山竹篁吹得声音极大，看样子到晚上必落大雨。翠翠守在渡船上，看着那些溪面飞来飞去的蜻蜓，心也极乱。看祖父脸上颜色惨惨的，放心不下，便又赶回家中去。先以为祖父一定早睡了，谁知还坐在门限上打草鞋！

“爷爷，你要多少双草鞋，床头上不是还有十四双吗？怎么不好好地躺一躺？”

老船夫不做声，却站起身来昂头向天空望着，轻轻地说：

“翠翠，今晚上要落大雨响大雷的！回头把我们的船系到岩下去，这雨大哩。”

翠翠说：“爷爷，我真吓怕！”翠翠怕的似乎并不是晚上要来的雷雨。

老船夫似乎也懂得那个意思，就说：“怕什么？一切要来的都得来，不必怕！”

二十

夜间果然落了大雨，挟以吓人的雷声。电光从屋脊上掠过时，接着就是訇的一个炸雷。翠翠在暗中抖着。祖父也醒了，知道她害怕，且担心她着凉，还起身来把一条布单搭到她身上去。祖父说：

“翠翠，不要怕！”

翠翠说：“我不怕！”说了还想说：“爷爷你在这里我不怕！”

訇的一个大雷，接着是一种超越雨声而上的洪大闷重倾圮声。两人皆以为一定是溪岸悬崖崩落了！担心到那只渡船，会早已压在崖石下面去了。

祖孙两人便默默地躺在床上听雨声雷声。

但无论如何大雨，过不久，翠翠却依然就睡着了。醒来时天已亮了，雨不知在何时业已止息，只听到溪两岸山沟里注水入溪的声音。翠翠爬起身来，看看祖父还似乎睡得很好，开了门走出去，门前已成为一个水沟，一股浊流便从塔后哗哗地流来，从前面悬崖直堕而下。并且各处皆是那么一种临时的水道。屋旁菜园地已为山水冲乱了，菜秧皆掩在粗砂泥里了。再走过前面去看看溪里一切，才知道溪中也涨了大水，已漫过了码头，水脚快到茶缸边了。下到码头去的那条路，正同一条小河一样，哗哗地泄着黄泥水。过渡的那一条横溪牵定的缆绳，已被水淹没了。泊在崖下的渡船，已不见了。

翠翠看看屋前悬崖并不崩坍，故当时还不注意渡船的失去。但再过一阵，她上下搜索不到这东西，无意中回头一看，屋后白塔已不见了。一惊非同小可，赶忙向屋后跑去，才知道白塔业已坍倒，大堆砖石极凌乱地摊在那儿。翠翠吓慌得不知所措，只锐声叫她的祖父。祖父不起身，也不答应，就赶回家里去，到得祖父床边摇了祖父许久，祖父还不做声。原来这个老年人在雷雨将息时已死去了。

翠翠于是大哭起来。

过一阵，有从茶峒过川东跑差事的人，到了溪边，隔溪喊过渡，翠翠正在灶边一面哭着一面烧水预备为死去的祖父抹澡。

那人以为老船夫一家还不醒，急于过河，喊叫不应，就抛掷小石头过溪，打到屋顶上。翠翠鼻涕眼泪成一片地走出来，跑到溪边高崖前站定。

“喂，不早了！把船划过来！”

“船跑了！”

“你爷爷做什么事情去了呢？他管船，有责任！”

“他管船，管了五十年的船——他死了啊！”

翠翠一面向隔溪人说着一面大哭起来。那人知道老船夫死了，得进城去报信，就说：

“真死了吗？不要哭吧，我回城去告他们，要他们弄条船带东西来！”

那人回到茶峒城边时，一见熟人就报告这件事，不多久，全茶峒城里外便皆知道这个消息了。河街上船总顺顺，派人找了一只空船，带了副白木匣子，即刻向碧溪岨撑去。城中杨马兵却同一个老军人，赶到碧溪岨去，砍了几十根大毛竹，用葛藤编作筏子，作为来往过渡的临时渡船。筏子编好后，撑了那个东西，到翠翠家中那一边岸下，留老兵守竹筏来往渡人，自己跑到翠翠家去看那个死者，眼泪湿莹莹的，摸了一会躺在床上硬僵僵的老友，又赶忙着做些应做的事情。到后帮忙的人来了，从大河船上运来棺木也来了，住在城中的老道士，还带了许多法器，一件旧麻布道袍，并提了一只大公鸡，来尽义务办理念经起水诸事，也从筏上渡过来了。家中人出出进进，翠翠只坐在灶边矮凳上呜呜地哭着。

到了中午，船总顺顺也来了，还跟着一个人扛了一口袋米，一坛酒，大腿猪肉。见了翠翠就说：

“翠翠，爷爷死了我知道了，老年人是必需死的，不要发愁，一切有我！”

各方面看看，就回去了。到了下午入了殓，一些帮忙的回的回家去了，晚上便只剩下了那老道士、杨马兵同顺顺家派来的两个年轻长年。黄昏以前老道士用红绿纸剪了一些花朵，用黄泥做了一些烛台。天断黑后，棺木前小桌上点起黄色九品蜡，燃了香，棺木周围也点了小蜡烛，老道士披上那件蓝麻布道袍，开始了丧事中绕棺仪式。老道士在前拿着个小小纸幡引路，孝子第二，马兵殿后，绕着那具寂寞棺木慢慢转着圈子。两个长年则站在灶边空处，胡乱地打着锣钹。老道士一面闭了眼睛走去，一面且唱且哼，安慰亡灵。提到关于亡魂所到西方极乐世界花香四季时，老马兵就把木盘里的纸花，向棺木上高高撒去，象征这个西方极乐世界情形。

到了半夜，事情办完了，放过爆竹，蜡烛也快熄灭了，翠翠泪眼婆娑的，赶忙又到灶边去烧火，为帮忙的人办消夜。吃了消夜，老道士歪到死人床上睡着了。剩下几个人还得照规矩在棺木前守灵，老马兵为大家唱丧堂歌取乐，用个空的量米木升子，当作小鼓，把手剥剥剥地一面敲着升底一面唱下去——唱王祥卧冰的事情，唱黄香扇枕的事情。

翠翠哭了一整天，同时也忙了一整天，到这时已倦极，把头靠在棺前迷着了。两个长年同马兵既吃了消夜，喝过两杯酒，精神还虎虎的，便轮流把丧堂歌唱下去。但只一会儿，翠翠又醒了，仿佛梦到什么，惊醒后明白祖父已死，于是又幽幽地干哭起来。

“翠翠，翠翠，不要哭啦，人死了哭不回来的！”

老马兵接着就说了一个做新嫁娘的人哭泣的笑话，话语中夹杂了三五个粗野字眼儿，因此引起两个长年咕咕地笑了许久。黄狗在屋外吠着，翠翠开了大门，到外面去站了一会，耳听到各处是虫声，天上月色极好，大星子嵌进透蓝天空里，非常沉静温柔。翠翠想：

“这是真事吗？爷爷当真死了吗？”

老马兵原来跟在她的后边，因为他知道女孩子心门儿窄，说不定一炉火闷在灰里，痕迹不露，见祖父去了，自己一切皆已无望，跳崖悬梁，想跟着祖父一块儿去，也说不定！故随时小心监视到翠翠。

老马兵见翠翠痴痴地站着，时间过了许久还不回头，就打着咳叫翠翠说：

“翠翠，露水落了，不冷么？”

“不冷。”

“天气好得很！”

“呀……”一颗大流星使翠翠轻轻地喊了一声。

接着南方又是一颗流星划空而下。对溪有猫头鹰叫。

“翠翠，”老马兵业已同翠翠并排一块儿站定了，很温和地说，“你进屋里睡去了吧，不要胡思乱想！”

翠翠默默地回到祖父棺木前面，坐在地上又呜咽起来。守在屋中两个长年已睡着了。

那一个马兵便幽幽地说道：“不要哭了！不要哭了！你爷爷也难过咧。眼睛哭胀喉咙哭嘶有什么好处。听我说，爷爷的心事我全都知道，一切有我。我会把一切安排得好好的，对得起你爷爷。我会安排，什么事都会。我要一个爷爷欢喜你也欢喜的人来接收这只渡船！不能如我们的意，我老虽老，还能拿镰刀同他们拼命。翠翠，你放心，一切有我！……”

远处不知什么地方鸡叫了，老道士在那边床上糊糊涂涂地自言自语：“天亮了吗？早咧！”

二十一

大清早，帮忙的人从城里拿了绳索杠子赶来了。

老船夫的白木小棺材，为六个人抬着到那个倾圮了的塔后山岨上去埋葬时，船总顺顺，马兵，翠翠，老道士，黄狗，皆跟在后面。到了预先掘就的方阱边，老道士照规矩先跳下去，把一点朱砂颗粒同白米，安置到阱中四隅及中央，又烧了一点纸钱，爬出阱时就要抬棺木的人动手下殡。翠翠哑着喉咙干号，伏在棺木上不起身。经马兵用力把她拉开，方能移动棺木。一会儿，那棺木便下了阱，拉去了绳子，调整了方向，被新土掩盖了，翠翠还坐在地上呜咽。老道士要赶早回城，去替人做斋，过渡走了。船总事多，把这方面一切事托付给老

马兵，也赶回城去了。帮忙的皆到溪边去洗手，家中各人还有各人的事，且知道这家人的情形，不便再叨扰，也不再惊动主人，过渡回家去了。于是碧溪岨便只剩下三个人，一个是翠翠，一个是老马兵，一个是由船总家派来暂时帮忙照料渡船的秃头陈四四。黄狗因为被那秃头打了一石头，怀恨在心，对于那秃头仿佛很不高兴，尽是轻轻地吠着。

到了下午，翠翠同老马兵商量，要老马兵回城去把马托给营里人照料，再回碧溪岨来陪她。老马兵回转碧溪岨时，秃头陈四四被打发回城去了。

翠翠仍然自己同黄狗来弄渡船，让老马兵坐在溪岸高崖上玩，或嘶着个老喉咙唱歌给她听。

过三天后船总来商量接翠翠过家里去住，翠翠却想看守祖父的坟山，不愿即刻进城。只请船总过城里衙门去为说句话，许杨马兵暂时同她住住，船总顺顺答应了这件事，就走了。

杨马兵既是个上五十岁了的人，说故事的本领比翠翠祖父高一筹，加之凡事特别关心，做事又勤快又干净，因此同翠翠住下来，使翠翠仿佛去了一个祖父，却新得了一个伯父。过渡时有人问及可怜的祖父，黄昏时想起祖父，皆使翠翠心酸，觉得十分凄凉。但这分凄凉日子过久一点，也就渐渐淡薄些了。两人每日在黄昏中同晚上，坐在门前溪边高崖上，谈点那个躺在湿土里可怜祖父的旧事，有许多是翠翠先前所不知道的，说来便更使翠翠心中柔和。又说到翠翠的父亲，那个又要爱情又惜名誉的军人，在当时按照绿营军勇的装束，如何使女孩子动心。又说到翠翠的母亲，如何善于唱歌，而且所唱的那些歌在当时如何流行。

时候变了，一切也自然不同了，皇帝已不再坐江山，平常人还消说！杨马兵想起自己年轻做马夫时，牵了马匹到碧溪岨来对翠翠母亲唱歌，翠翠母亲不理会，到如今这自己却成为这孤雏的唯一靠山唯一信托人，不由得不苦笑。

因为两人每个黄昏必谈祖父，以及这一家有关系的事情，后来便说到了老船夫死前的一切，翠翠因此明白了祖父活时所不提到的许多事。二老的唱歌，顺顺大儿子的死，顺顺父子对于祖父的冷淡，中寨人用碾坊作陪嫁妆奁，诱惑傩送二老，二老既记忆着哥哥的死亡，且因得不到翠翠理会，又被家中逼着接受那座碾坊，意思还在渡船，因此赌气下行，祖父的死因，又如何与翠翠有关……凡是翠翠不明白的事，如今可全明白了。翠翠把事情弄明白后，哭了一个夜晚。

过了四七，船总顺顺派人来请马兵进城去，商量把翠翠接到他家中去，作为二老的媳妇。但二老人既在辰州，先就莫提这件事，且搬过河街去住，等二老回来时再看看二老意思。马兵以为这件事得问翠翠。回来时，把顺顺的意思向翠翠说过后，又为翠翠出主张，以为名分既不定妥，到一个生人家里去不好，还是不如在碧溪岨等，等到二老驾船回来时，再看二老意思。

这办法决定后，老马兵以为二老不久必可回来的，就依然把马匹托营上人照料，在碧溪岨为翠翠作伴，把一个一个日子过下去。

碧溪岨的白塔，与茶峒风水有关系，塔圮坍了，不重新做一个自然不成。除了城中营管，税局以及各商号各平民捐了些钱以外，各大寨子也有人拿册子去捐钱。为了这塔成就并不是给谁一个人的好处，应尽每一个人来积德造福，尽每个人皆有捐钱的机会，因此在渡船上也放了个两头有节的大竹筒，中部锯了一口，尽过渡人自由把钱投进去，竹筒满了马兵就捎进城中首事人处去，另外又带了个竹筒回来。过渡人一看老船夫不见了，翠翠的辫子上扎了白线，就明白那老的已做完了自己分上的工作，安安静静躺在土坑里给小蛆吃掉了，必一面用同情的眼色瞧着翠翠，一面就摸出钱来塞到竹筒中去。“天保佑你，死了的到西方去，活下的永保平安。”翠翠明白那些捐钱人的怜悯与同情意思，心里酸酸的，忙把身子背过去拉船。

到了冬天，那个圮坍了的白塔，又重新修好了。可是那个在月下唱歌，使翠翠在睡梦里为歌声把灵魂轻轻浮起的青年人还不曾回到茶峒来。

…………

这个人也许永远不回来了，也许“明天”回来！

柏子

把船停到岸边，岸是辰州的河岸。

于是客人可以上岸了，从一块跳板走过去。跳板是一端固定在码头石级上，一端搭在船舷，一个人从跳板走过时，摇摇荡荡不可免。凡要上岸的全是那么摇摇荡荡上岸了。

泊定的船太多了，沿岸泊，桅子数不清，大大小小随意矗到空中去，桅子上的绳索像纠纷到成一团，然而却并不。

每一个船头船尾全站得有人穿青布蓝布短汗褂，口里噙了长长的旱烟杆，手脚露在外面让风吹，——毛茸茸的像一种小孩子想象中的妖洞里喽啰毛脚毛手。看到这些手脚，很容易记起“飞毛腿”一类英雄名称。可不是，这些人正是……桅子上的绳索揹定活车，拖拉全无从着手时，看这些飞毛腿的本领，有得是机会显露！毛脚毛手所有的不单是毛，还有类乎钩子的东西，光溜溜的桅，只要一贴身，便飞快地上去了。为表示上下全是儿戏，这些年轻水手一面整理绳索一面还将在上面唱歌，那一边桅上，也有这样人时，这种歌便来回唱下去。

昂了头看这把戏的，是各个船上的伙计。看着还在下面喊着。左边右边，不拘要谁一个试上去，全是容易之至的事，只是不得老舵手吩咐，则不敢放肆而已。看的人全已心中发痒，又不能随便爬上桅子顶尖去唱歌，逗其他船上媳妇发笑，便开口骂人。

“我的儿，摔死你！”

“我的孙，摔死了你看你还唱！”

“……”

全是无恶意而快乐的笑骂。

仍然唱，且更起劲了一点。但可以把歌唱给下面骂人的人听，当先若唱的是“一枝花”，这时唱的便是“众儿郎”了。“众儿郎”却依然笑嘻笑嘻地昂了头看这唱歌人，照例不能生气的。

可是在这情形中，有些船，却有无数黑汉子，用他的毛手毛脚，盘着大而圆的黑铁桶，从舱中滚出，也是那么摇摇荡荡跌到岸边泥滩上了。还有作为方形用铁皮束腰的洋布，有海带，有鱿鱼，有药材……这些东西同搭客一样，在船上舱中紧挤着卧了二十天或十二天，如今全应当登岸了。登岸的人各自还家，各自找客栈，各自吃喝，这些货物却各自为一些大脚婆子走来抱之负之送到各个堆栈里去。

在各样匆忙情形中，便正有闲之又闲的一类人在。这些人住到另一个地方，耳朵能超然于一切嘈杂声音以上，听出桅子上人的歌声，——可是心也正忙着，歌声一停止，唱歌地方代替了一盏红风灯以后，那唱歌的人便已到这听歌人的身边了。桅上用红灯，不消说是夜里了。河边夜里不是平常的世界。

落着雨，刮着风，各船上了篷，人在篷下听雨声风声，江波吼哮如癫子，船只纵互相牵连互相依靠，也簸动不止，这一种情景是常有的。

坐船人对此决不奇怪，不欢喜，不厌恶，因为凡是在船上生活，这些平常人的爱憎便不及在心上滋生了。（有月亮又是一种趣味，同晚日与早露，各有不同。）然而他们全不会注意。船上人心情若必须勉强分成两种或三种，这分类方法得另作安排。吃牛肉与吃酸菜，是能左右一般水手心情的一件事。泊半途与湾口岸，这于水手们情形又稍稍不同。不必问，牛肉比酸菜合乎这类“飞毛腿”胃口，船在码头停泊他们也欢喜多了！

如今夜里即落小雨，泥滩头滑溜溜使人无从立足，还有人上岸到河街去。

这是其中之一个，名叫柏子，日里爬桅子唱歌，不知疲倦，到夜来，还依然不知道疲倦，所以如其他许多水手一样，在腰边板带中塞满了铜钱，小心小心地走过跳板到岸边了。先是在泥滩上走，没有月，没有星，细毛毛雨在头上落，两只脚在泥里慢慢翻——成泥腿，快也无从了——目的是河街小楼红红的灯光，灯光下有使柏子心开一朵花的东西存在。

灯光多无数，每一小点灯光便有一个或一群水手，灯光还不及塞满这个小房，快乐却将水手们胸中塞紧，欢喜在胸中涌着，各人眼睛皆眯了起来。沙喉咙的歌声笑声从楼中溢出，与灯光同样，溢进上岸无钱守在船中的水手耳中眼中时，便如其他世界一样，反应着欢喜的是诅咒。那些不能上岸的水手，他们诅咒着，然而一颗心也摇摇荡荡上了岸，且不必冒滑滚的危险，全各以经验为标准，把心飞到所熟习的楼上去了。

酒与烟与女人，一个浪漫派文人非此不能夸耀于世人的三样事，这些喽啰却很平常地享受着。虽然酒是酽冽的酒，烟是平常的烟，女人更是……然而各个人的心是同样的跳，头脑是同样的发迷，口——我们全明白这些平常时节只是吃酸菜南瓜臭牛肉以及说点下流话的口，可是到这时也粘粘糍糍，也能找出所蓄于心各样对女人的谄谀言语，献给面前的妇人，也能粗粗卤卤地把它放到妇人的脸上去，脚上去，以及别的位置上去。他们把自己沉浸在这欢乐空气中，忘了世界，也忘了自己的过去与未来。女人则帮助这些可怜人，把一切穷苦一切期望从这些人心上挪去。放进的是类乎烟酒的兴奋与醉麻。在每一个妇人身上，一群水手同样做着那顶切实的顶勇敢的好梦，预备将这一月贮蓄的金钱与精力，全倾之于妇人身上，他们却不曾预备要人怜悯，也不知道可怜自己。

他们的生活，若说还有使他们在另一时反省的机会，仍然是快乐的吧。这些人，虽然缺少眼泪，却并不缺少欢乐的承受！

其中之一的柏子，为了上岸去找寻他的幸福，终于到一个地方了。

先打门，用一个水手通常的章法，且吹着哨子。

门开了，一只泥腿在门里，一只泥腿在门外，身子便为两条胳膊缠紧了，在那新刮过的日炙雨淋粗糙的脸上，就贴紧了一个宽宽的温暖的脸子。

这种头油香是他所熟习的。这种抱人的章法，先虽说不出，这时一上身却也熟习之至。还有脸，那么软软的，混着脂粉的香，用口可以吮吸。到后是，他把嘴一歪，便找到了一个湿的舌子了，他咬着。女人挣扎着，口中骂着：

“悖时的！我以为你到常德府被婊子尿冲你到洞庭湖了！”

"老子把你舌子咬断！"

"我才要咬断你……"

进到里面的柏子，在一盏"满堂红"灯下立定。妇人望他痴笑，这一对是并肩立着，他比她高一个头，他蹲下去，像整理橹绳那样扳了妇人的腰身时，妇人身便朝前倾。

"老子摇橹摇厌了，要推车。"

"推你妈！"妇人说，一面搜索柏子身上的东西。搜出的东西便往床上丢去，又数着东西的名字。"一瓶雪花膏，一卷纸，一条手巾，一个罐子——这罐子装什么？"

"猜呀！"

"猜你妈，忘了为我带的粉吗？"

"你看那罐子是什么招牌！打开看！"

妇人不认识字，看了看罐上封皮，一对美人儿画相。把罐子在灯前打开，放鼻子边闻闻，便打了一个嚏。柏子可乐了，不顾妇人如何，把罐子抢来放在一条白木桌上，便擒了妇人向床边倒下去。

灯光明亮，照着一堆泥脚迹在黄色楼板上。

外面雨大了。

张耳听，还是歌声与笑骂声音。房子相间多只一层薄薄白木板子，比吸烟声音还低一点的声音也可以听出，然而人全无闲心听隔壁。

柏子的纵横脚迹渐干了，在地板上也更其分明。灯光依然，对一对横搁在床上的人照得清清楚楚。

"柏子，我说你是一个牛。"

“我不这样，你就不信我在下头是怎么规矩！”

“你规矩！你赌咒你干净得可以进天王庙！”

“赌咒也只有你妈去信你，我不信。”

柏子只有如妇人所说，粗卤得同一只小公牛一样。到后于是喘息了，松弛了，像一堆带泥的吊船棕绳，散漫地搁在床边上。

肥肥的奶子两手抓紧，且用口去咬。又咬她的下唇，咬她的膀子，咬她的大腿……一点不差，这柏子就是日里爬桅子唱歌的柏子。

妇人望到他这些行为发笑，妇人是翻天躺的。

过一阵，两人用一个烟盘作长城，各据长城的一边烧烟吃。

妇人一旁烧烟一旁唱《孟姜女》给柏子听，在这样情形下的柏子，喝一口茶且吸一泡烟，像是做皇帝。

“婊子我告你听，近来下头媳妇才标得要命！”

“你命怎么不要去，又跟船到这地方来？”

“我这命送她们，她们也不要。”

“不要的命才轮到我。”

“轮到你，你这……，好久才轮到我！我问你，到底有多少日子才轮到我？”

妇人嘴一扁，举起烟枪把一个烧好的烟泡装上，就将烟枪送过去塞了柏子的嘴，省得再说混话。

柏子吸了一口烟，又说：“我问你，昨天有人来？”

“来你妈！别人早就等你，我算到日子，我还算到你这尸……”

“老子若是真在青浪滩上泡坏了，你才乐！”

“是，我才乐！”妇人说着便稍稍生了气。

柏子是正要妇人生气才欢喜的。他见妇人把脸放下，便把烟盘移到床头去。长城一去情形全变了，一分钟内局面成了新样子。柏生的泥腿从床沿下垂，绕了这腿的上部的是用红绸作就套鞋的小脚。

一种丑的努力，一种神圣的愤怒，是继续，是开始。

柏子冒了大雨在河岸的泥滩上慢慢地走着，手中拿的是一段燃着火头的废缆子，光旺旺地照到周围三尺远近，光照前面的雨成无数返光的线。柏子全无所遮蔽地从这些线林穿过，一双脚浸在泥水里面，——把事情做完了，他回船上去。

雨虽大，也不忙，一面怕滑倒，一面有能防雨——或者不如说忘雨的东西吧。

他想起眼前的事心是热的，想起眼前的一切，则头上的雨与脚下的泥，全成为无须置意的事了。

这时妇人是睡眠了，还是陪别一个水手又来在那大白木床上做某种事情，谁知道。柏子也不去想这个。他把妇人的身体，记得极其熟习；一些转弯抹角地方，一些幽僻地方，一些坟起与一些窟窿，恰如离开妇人身边一千里，也像可以用手摸，说得出尺寸。妇人的笑，妇人的动，也死死地像蚂蟥一样钉在心上。这就够了。他的所得抵得过一个月的一切劳苦，抵得过船只来去路上的风雨太阳，抵得过打牌输钱的损失，抵得过……他还把以后下行日子的快乐预支了。这一去又是半月或一月，他很明白的。以后也将高高兴兴地做工，高高兴兴地吃饭睡觉，因为今夜已得了前前后后的希望，今天所“吃”的足够两个月咀嚼，不到两月他可又回来了。

他的板带钱已光了，这种花费是很好的一种花费。并且他也并不是全无计算，他已预先留下了一小部分钱，作为在船上玩牌用的。花了钱，得到些什么，他是不去追究的。钱是在什么情形下得来，又在什么情形下失去，柏子不能拿这个来比较，总之比较有时像也比较过了，但结果不消说还是“合算”。

轻轻地唱着《孟姜女》，唱着《打牙牌》，到得跳板边时，柏子小心小心地走过去，预定的《十八摸》便不敢唱了——因为老板娘还在喂小船老板的奶，听到哄孩子声音，听到吮奶声音。

辰州河岸的商船各归各帮，泊船原有一定地方，各不相混。可是每一只船，把货一起就得到另一处去装货，因此柏子从跳板上摇摇荡荡上过两次岸，船就开了。

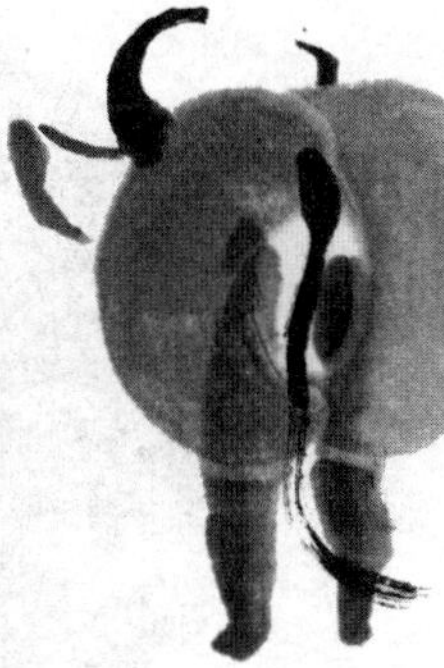

玉家菜园出白菜，因为种子特别，本地任何种菜人所种的都没有那种大卷心。这原因从姓上可以明白，姓玉本是旗人，菜是当年从北京带来的菜。

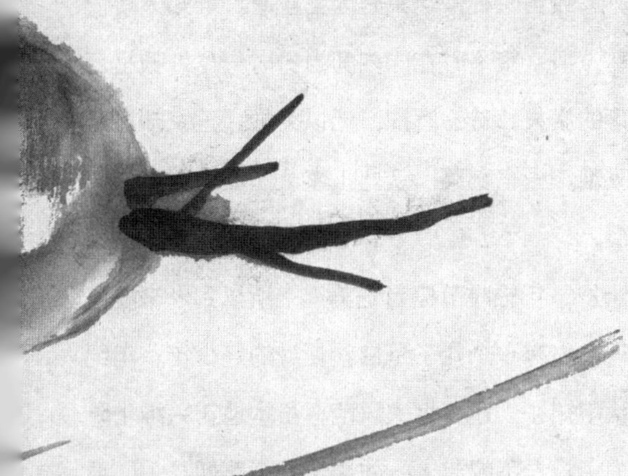

菜园

玉家菜园出白菜，因为种子特别，本地任何种菜人所种的都没有那种大卷心。这原因从姓上可以明白，姓玉本是旗人，菜是当年从北京带来的菜。北京白菜素来著名的。

辛亥革命以前，来城候补的是玉太爷，单名讳琛。当年来这小城时带了家眷也带了白菜种子。大致当时种来也只是为自己吃。谁知太爷一死，不久革命军推翻了清室，清宗室平时在国内势力一时失尽，顿呈衰败景象。各处地方皆有流落的旗人，贫穷窘迫，无以为生。玉家却在无意中得白菜救了一家人的灾难。玉家卖菜，从此玉家菜园成为人人皆知的地方了。

主人玉太太，年纪五十岁，年轻时节应当是美人，所以到老来还可以从余剩风姿想见一二。这太太有一个儿子是白脸长身的好少年。年纪二十一，在家中读过书，认字知礼，还有世家风范。虽本地新兴绅士阶级，因切齿过去旗人的行为，极看不起旗人，如今又是卖菜佣儿子，很少同这家少主人来往。但这人家的儿子，总仍然有与平常菜贩儿子两样处。虽在当地得不到人亲近，却依然受人相当尊敬。

玉家菜园园地的照料，另雇得有人。主人设计每到秋深便令长工在园中挖窖，冬天来雪后白菜全入窖，从此一年四季城中人皆有大白菜吃。菜园廿亩地方除了白菜也还种了不少其他菜蔬，善于经营的主人，使本城人一年任何时节都可得到极好的蔬菜。也便因此，收入数目不小，十年来，因祸得福，渐渐成为小康之家了。

仿佛因为种族不同，很少同人往来的玉家母子，由旁人看来，除知道这人卖菜有钱以外，其余一概茫然。

夏天薄暮，这个富于林下风度的中年妇人，穿件白色细麻布旧式衣服，拿把宫扇，朴素不华地在菜园外小溪边站立纳凉。侍立在身边的是穿白绸短衣袴的年轻男子。两人常常沉默着半天不说话，听柳上晚蝉拖长了声音飞去，或者听溪水声音。溪水绕菜园折向东去，水清见底，常有小虾小鱼，鱼小到除了看玩就无用处。那时节，鱼大致也在休息了。

动风，晚风中混有素馨兰花香，茉莉花香。菜园中原有不少花木的，在微风中掠鬓，向天空柳枝空处数点初现的星，做母亲的想着古人的诗歌。想不起谁曾写下形容晚天如落霞孤鹜一类好诗句，又总觉得有人写过这样恰如其境的好诗，便笑着问那个男子，是不是能在这样情境中想出两句好诗。

“这景象，古今相同。对它得到一种彻悟，一种启示，应当写出几句好诗的。”

“这话好像古人说过了，记不起这个人。”

“我也这样想。是谢灵运，是王……不能记得，我真上年纪了。”

“母亲你试作七绝一首，我和。”

“那么，想想吧。”

做母亲的于是当真就想下去，低吟了半天，总像是没有文字能解释当前这一种境界。所谓超于言语，正如佛法，心印默契，不可言传，所以笑了。她说：

“这不行。”

稍过，又问：

“少琛，你呢？”

男子笑着说，这天气是连说话也觉得可惜的天气，做诗等于糟蹋好风光。听到这样话的母亲莞尔而笑，过了桥，影子消失在白围墙后不见了。

不过在这样晚凉天气下，母子两人走到菜园去，看工人做瓜架子，督促舀水，谈论到秋来的菜种，萝卜的市价，也是很平常的事。他们有时还到园中去看菜秧，亲自动手挖泥舀水。一切不造作处，较之斗方诗人在瓜棚下坐一点钟便拟赋五言八韵田家乐，虚伪真实，相去真不可以道里计。

冬天时，玉家白菜上了市，全城人皆吃玉家白菜。在吃白菜时节，有想到这卖菜人家居情形的，赞美了白菜总同时也就赞美了这人家母子。一切人所知有限，但所知的一点点便仿佛使人极其倾心。这城中也如别的城市一样，城中所住蠢人比聪明人多十来倍，所以竟有那种人，说出非常简陋的话，

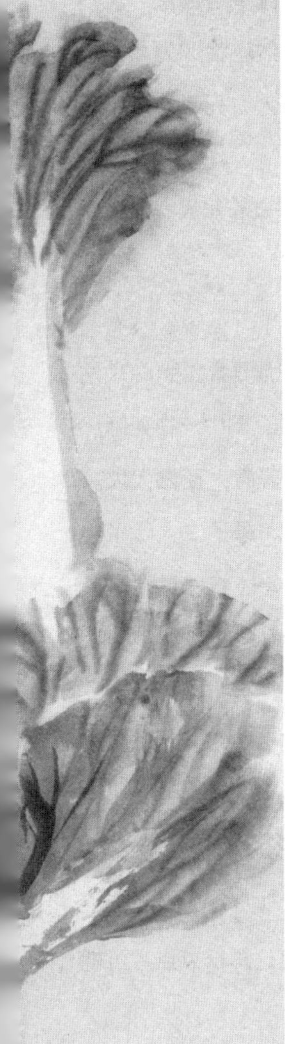

说是每一株白菜，皆经主人的手抚手摸，所以才能够如此肥茁，这原因是有根有柢的。从这样呆气的话语中，也仍然可以看出城中人如何闪耀着一种对于这家人生活优美的企羡。

做母亲的还善于把白菜制各样干菜，根叶心皆可以用不同方法制作成各种不同味道。少年人则对于这一类知识，远不及其对于笔记小说知识丰富。但他一天所做的事，经营菜园的时间却比看书写字时间多。年轻人，心地洁白如鸽子毛，需要工作，需要游戏，所以菜园不是使他厌倦的地方。他不能同人锱铢必较地算账，不过单是这缺点，也就使这人变成更可爱的人了。

他不因为认识了字就不做工，也不因为有了钱就增加骄傲。对于本地人凡有过从的，不拘是小贩他也能用平等相待。他应当属于知识阶级，却并不觉得在做人意义上，自己有特别尊重读书人必要。他自己对人诚实，他所要求于人的也是诚实。他把诚实这一件事看作人生美德，这种品性同趣味却全出之于母亲的陶冶。

日子到了应当使这年轻人定婚的时候了，这男子尚无媳妇。本城的风气，已到了大部分皆男女自相悦爱才结婚，然而来到玉家菜园的仍有不少老媒人。这些媒人完全因为一种职业的善心成天各处走动，只愿意事情成就，自己从中得一点点钱财谢礼。因太想成全他人，说谎自然也就成为才艺之一种，眼见用了各样谎话都等于白费以后，这些媒人方死了心，不再上玉家菜园。

然而因为媒人的撺掇，以及另一因缘，认识过玉家青年人，愿意做玉家媳妇私心窃许的，本城女人却很多很多。

二十二岁的生日，做母亲的为儿子备了一桌特别酒席，到晚来两人对坐饮酒。窗外就是菜园，时正十二月，大雪刚过，园中一白无际。已经摘下还未落窖的白菜，全成堆地在园中，白雪盖满，正像大坟。还有尚未摘取的菜，如小雪人，成队成排站立雪中。母子二人喝了一些酒，谈论到今年大雪同菜蔬，萝卜白菜皆须大雪始能将味道转浓，把窗推开了。

窗开以后园中一切皆可望到。

天色将暮，园中静静的。雪已不落了，也没有风。上半日在菜畦觅食的黑老鸹，不知到什么地方去了。母亲说：

“今年这雪真好！”

“今年刚十二月初，这雪不知还有多少次落呢。”

“这样雪落下人不冷，到这里算是希奇事。北京这样一点点雪可就太平常了。”

“北平听说完全不同了。”

“这地方近十年也变得好厉害！”

这样说话的母亲，想起二十年来在本地方住下的经过人事变迁，她于是喝了一口酒。

“你今天满二十二岁，太爷过世十八年，民国反正十五年，不单是天下变得不同，就是我们家中，也变得真可怕。我今年五十，人也老了。你爹若在世，就太好了。”

在儿子印象中只记得父亲是一个手持“京八寸”人物。那时吸纸烟真有格，到如今，连做工的人也买美丽牌，不用火镰同烟杆了。这一段长长的日子中，母亲的辛苦从家中任何一事皆可知其一二。如今儿子也教养成人了，二十二岁，命好应有了孙子。听说“母亲也老了”这类话的少琛，不知如何，忽想起一件心事来了。他蓄了许久的意思今天才有机会说出。他说他想过北京。

北京方面他有一个舅父，宣统未出宫以前，还在宫中做小管事，如今听说在旂（qí）章胡同开铺子，卖冰，卖西洋点心，生意不恶。

听说儿子要到北京去，做母亲的似乎稍稍吃了一惊。这惊讶是儿子料得到的，正因为不愿意使母亲惊讶，所以直到最近才说出来。然而她也挂念着那胞兄的。

“你去看看你三舅，还是做别的事？”

“我想读点书。”

“我们这人家还读什么书？世界天天变，我真怕。”

“那我们俩去！”

“这里放得下吗？”

“我去三个月又回来，也说不定。”

“要去，三年五年也去了。我不妨碍你。你希望走走就走走，只是书，不读，也不什么要紧。做人不一定要多少书本知识。像我们这种人，知识多，也是灾难！”

这妇人这样慨乎其言地说后，就要儿子喝一杯，问他预备过年再去还是到北京过年。

儿子说赶考，是今年走好，且乘路上清吉，也极难得。

虽然母亲同意远行，却认为事情不必那么匆忙，因此到后仍然决定正月十五以后，再离开母亲身边。把话说过，回到今天雪上了，母亲记起忘了的一桩事情，她要他送一坛酒给做工人，因为今天不是平常的日子。八个工人喝着酒时，都很快乐。

不久过年了。

过了年，随着不久就到了少琛动身日子了。信早已写给北京的舅父，于是坐了省河小轿，到××市坐车，转武汉，再换火车，到了北京。

时间过了三年。

在这三年中，玉家菜园还是玉家菜园。但渐渐地，城中便知道玉家少主人在北京大学读书，极其出名的事了。其中经过自然一言难尽琐碎到不能记述。然而在本城，玉家还是出白菜。在家中一方面稍稍不同了的，是做儿子的常常寄报纸回来，寄书回来，做母亲的一面仍然管理菜园的事务，兼喂养一群白色母鸡，自己每天无事时，便抓玉米喂鸡，与鸡雏玩，一面读从北京所寄来的书报杂志。

地方一切新的变故甚多，革命，北伐。……于是死到野外无人收尸因而烂去了的英雄，全成了志士英烈。……于是地方的党部工会成立了。……于是马日事变年轻人都杀死，工会解散党部换了人。……于是北京改成了北平。

地方改了北平，北方已平定，仿佛真命天子出世，天下快太平了，在北平地方的儿子，还是常常有信来，寄书报则稍稍少了一点。

在本城的母亲，每月寄六十块钱去，同时写信总在告给身体保重以外顺便问问有不有那种相合的女子可以订婚，母亲年纪渐老，自然对于这些事也更见其关心。大热天，三年来的母亲还是同样的不失林下风度。因儿子的原故，多知了许多时事，然而一切外形，属于美德的没有一种失去。且因一种方便，两个工人得到主人的帮助，都接亲了。母亲把这类事告给儿子时，儿子来信说这样做很对。

儿子也来过信，说是母亲不妨到北平看看，把菜园交给工人，是一样的。虽说菜园的事也不一定放不下手，但不知如何，这老年人总不曾打量过北行的事。

当这母亲接到了儿子的一封信，说本学期热天可以回家来住一月时，欢喜极了。来信还只是四月，从四月起做母亲的就在家中为儿子准备一切。凡是这老年人想到可以使儿子愉快的事皆计划到了。一到了七月，就成天盼望远行人的归来。又派人往较远的××市去接他，又花了不少钱为他添办了一些东西，如迎新娘子那么期待儿子的归来。

如期儿子回来了，更出于意外惊喜的，是同时还有一个媳妇回来。这事情直到进了家门母亲才知道，一面还在心中作小小埋怨，一面把“新客”让到自己的住房中去，做母亲的似乎人年轻了十岁。

见到脸目略显憔悴的儿子，把新媳妇指点给两个工人夫妇，说“这是我们的朋友”时，母亲欢喜得话说不出。

儿子回家的消息不久就传遍了本城，美丽的媳妇也不久就为本城人全知道了。因为是从北京方面回来的，虽然绅士们的过从仍然缺少，但渐渐有绅士们的儿子到玉家菜园中的事了。还有本地教育局，在一次集会中，也把这家从北平回来的男子与媳妇请去开会了。还有那种对未来有所倾心的年轻人，从别的事情上知道了玉家儿子的姓名，因为一种倾慕，特邀集了三五同好来奉访的事了。

从母亲方面看来，儿子的外表还完全如未出门以前，儿子已慢慢是个把生活插到社会中去的人了。许多事皆仿佛天真烂漫，凡是一切往日的好处完全还保留在身上，所有新获得的知识，却融入了生活里，找不出所谓痕迹。媳妇则除了像是过分美丽不适宜于做媳妇值得忧心以外，简直没有疵点可寻。

时间仍然是热天，在门外溪边小立，听水听蝉，或在瓜棚豆畦间谈话，看天上晚霞，五年前母子两人过的日子如今多了一人。这一家仍然仿佛与一地方人是两种世界，生活中多与本城人发生一点关系，不过是徒增注意及这一家情形的人谈论到时一点企羡而已。

因为媳妇特别爱菊花，今年回家，拟定看过菊花，方过北平，所以做母亲的特别令工人留出一块地种菊花，各处寻觅佳种，督工人整理菊秧，母子们自己也动动手。已近八月的一天，吃过了饭，母子们同在园中看菊苗，儿子穿一件短衣，把袖子卷到肘弯以上，用手代铲，两手全是泥。

母亲见一对年轻人，在菊圃边料理菊花，便做着一种无害于事极其合理的祖母的幻梦。

一面同母亲说北平栽培菊花的，如何使用他种蒿草干本接枝，开花如斗的事情，一面便同蹲在面前美丽到任何时见及皆不免出惊的夫人用目光作无言的爱抚。忽然县里有人来说，有点事情，请两个年轻人去谈一谈。来人连洗手的暇裕也没有留给主人，把一对年轻人就“请”去了。从此一去，便不再回家了。

做母亲的当时纵稍稍吃惊，也仍然没有想到此后事情。

第二天，做母亲的已病倒在床，原来儿子同媳妇，已与三个因其他原故而得着同样灾难的青年人，陈尸到教场的一隅了。

第三天，由一些粗手脚汉子为把那五个尸身一起抬到郊外荒地，抛在业已在早一天掘就因夜雨积有泥水的大坑里，胡乱加上一点土，略不回顾地扛了绳杠到衙门去领赏，尽其慢慢腐烂去了。

做母亲的为这种意外不幸晕去数次，却并没有死去。儿子虽如此死了，办理善后，罚款，具结，她还有许多事得做。三天后大

街上贴了告示，才使她同本城人同时知道儿子是××党，仿佛还亏得衙门中人因为想到要白菜吃，才没有把菜园充公。这样打量着而苦笑的老年人，不应当就死去，还得经营菜园才行，她于是仍然卖菜，活下来了。

秋天来时菊花开遍了一地。

主人对花无语，无可记述。

玉家菜园或者终有一天会改作玉家花园，因为园中菊花多而且好，有地方绅士和新贵强借作宴客的地方了。

骤然憔悴如七十岁的女主人，每天坐在园里空坪中喂鸡，一面回想一些无用处的旧事。

玉家菜园从此简直成了玉家花园。内战不兴，天下太平，到秋天来地方有势力的绅士在园中宴客，吃的是园中所出产的素菜，喝着好酒，同赏菊花。因为赏菊，大家在兴头中必赋诗，有祝主人有功国家，多福多寿，比之于古人某某典雅切题的好诗，有把本园主人写作卖菜媪对于旧事加以感叹的好诗，好诗皆题壁，或镌石，预备嵌墙中作纪念。名士伟人，相聚一堂，人人尽欢而散，扶醉归去，各人回到家中一定还有机会做与五柳先生猜拳照杯的梦。

玉家菜园改称玉家花园，是主人在儿子死去三年后的事。这妇人沉默寂寞地活了三年，到儿子生日那一天，天落大雪，想这样活下去日子已够了，春天同秋天不用再来了，忽然用一根丝绦套在颈子上，便缢死了。

会明

排班站第一，点名最后才喊到，这是会明。这个人所在的世界，是没有什么精彩的世界。一些铁锅，一些大箩筐，一些米袋，一些干柴，把他的生命消磨了三十年，他在这些东西中把人变成了平凡人中的平凡人了。他以前是农夫，民国革命，改了业。改业后，他做的是火夫，在一个军队中，烧火，担水，挑担子走长路，除此以外没有别的可做。

他样子是那么的——

身高四尺八寸。长手长脚长脸，脸上那个鼻子分量也比他人的长大沉重。长脸的下部分，生了一片胡子，这个本来长得像野草，因为剪除，所以不能下垂，却横横地蔓延发展成为一片了。

这品貌，若与身分相称，他应当是一个将军。若把胡子也作为将军必须条件之一时，这个人的胡子，还有两个将军的好处的。许多人，在另一时，因为身上或脸上一点点东西出众，从平凡中跃起，成为一时代中要人，原是很平常的事。这人却似乎正因为这些特长，把一生毁了。

他是陆军第四十七团三十三连一个火夫。提起三十三连，很容易使人同时记起当洪宪帝制时代国民军讨袁时在黔湘边界一带的血战。事情已十年了。那时会明是火夫，无事时烧饭炒菜，战事一起则运输子弹，随连长奔跑。一直到这时，他还仍然在原有位置上任事。一个火夫应做的事他没有不做，他的名分上的收入，也仍然并不与其余火夫两样。

如今的三十三连，全连中只剩余会明一人同一面旗帜十年前参预过革命战争，这革命的三十三连俨然只是为他一人而有了。旗在会明身上谨谨慎慎地缠裹着，会明则在火夫的职分上按照规矩做着粗重肮脏的杂务，便是本连的长官也仿佛把这过去历史忘掉多久了。

野心的扩张，若与人本身成正比，会明有做司令的希望。然而主持这人类生存的，俨然是有一个人，用手来支配一切，有时因高兴的缘故，常常把一个人赋与了特别夸张的体魄，却又在这峨然巍然的躯干上安置一颗平庸的心。会明便是如此被处治的一个人了。他一面发育到使人见来生出近于对神鬼的敬畏，一面却天真如小狗，循良如母牛。若有人想在这人生活上，找出那屯蹇运啬的根源，这天真同和善，就是其所以使这个人永远是火夫的一种极正当理由。在躯体上他是一个火夫，在心术上他是一个好人。人好时，就不免有人拿来当呆子惹。被惹时，他在一种大度心情中看不出可发怒的理由，但这不容易动火的性格，在另一意义上，却仿佛人人都比他聪明十分，所以他只有永远当火夫了。

军队中，总不缺少四肢短小如猢狲，却同时又不缺少猢狲聪明那类同伴的。有了这同伴，会明便显得更呆相更元气了。这一类人一开始，随后是全连一百零八个好汉，在为军阀流血之余，人人把他当呆子款待，用各样绰号称呼他，用各样工作磨难他，渐渐地，使他把世界对于呆子的待遇一一尝到了，没有办法，他便自然而然也越来越与聪明离远了。

从讨袁到如今整十年。十年来，在别人看来他只长进了他的呆处，除此以外完全无变动。他正像一株极容易生长的大叶杨，生到这世界地面上，一切的风雨寒暑，不能摧残它，却反而促成它的坚实长大。他把一切戏弄放在脑后，眼前所望所想只是一幅阔大的树林，树林中没有会说笑话的军法，没有爱标致的中尉，没有勋章，没有钱，此外嘲笑同小气也没有，树林印象是从都督蔡锷一次训话所造成，这树林，所指的是中国边境，或者竟可以说是外洋，在这好像外洋地方，军队为保卫国家驻了营，做着所谓伟大事业，一面垦辟荒地，一面生产粮食。

在那种地方，也有过年过节，也放哨，也打仗，也有草烟吃，但仿佛总不是目下军中的情形。那种生活在什么时候就出现，怎么样就出现，问及他时是无结论的，或者问他，为什么这件事比升官发财有意义，他也说不分明。他还不忘记都督尚说过“把你的军旗插到堡上去”那一句话。军旗在他身上，是有一面的，他所以保留下来，就是相信有一天用得着这东西。到了那日，他是预备照所说方法做去的。

被人谥作“呆”，那一面宝藏的军旗，与那理想，都有一部分责任了。他似乎也明白，到近来，旗子事情从不与人提起了。他那伟大的想望，除供自己玩味以外，也不与另外人道及了。

因为打倒军阀打倒反革命，三十三连被调到黄州前线。

这时所说的，就是他上了前线的情形。

打仗不是可怕的事，在中国当兵，不拘如何胆小，都不免在一年中有到前线去的机会。这火夫，有了十年的经验，这十年来是中国在这新世纪别无所为只成天互相战争的时代，新时代的纪录是流一些愚人的血升一些聪明人的官。他看到的事情太多，死人算什么大不了的事。若他有机会知道“君子远庖厨”一类话，他将成天嘲笑人类怜悯是怎么一回事了。流汗、挨饿，以至于流血腐烂，这生活，在军队以外的人配说同情吗？他不为同情，不为国家迁都或党的统一——他只为“冲上前去就可以发三个月的津贴”，这呆子，他当真随了好些样子很聪明的人冲上前去了。

到前线了，他的职务还是火夫。他预备在职分上仍然参预这热闹事情。他老早就编好了草鞋三双。还有绳子，铁饭碗，成束的草烟，都预备得完完全全。他另外还添制了一个火镰，是用了大的价钱向一个卖柴人匀来的。他算定这热闹快来了。望到那些运输辎重的车辆，很沉重地从身边过去时，车轨深深地埋在泥沙里，他就呐喊，笑那拉车的马无用。他在开向前防的路上，肩上的重量不下一百二十斤，但他还唱歌，一歇息，就大喉咙说话。

军队两方还无接触的事，各处队伍，以连为单位分驻各处，三十三连被分驻在一小山边。他同平时一样，挑水洗菜煮饭每样事都是他做，凡是用气力的他总有分。事情做过了，司务长兴豪时，在那过于触目了的大个儿体格上面，加以地道的嘲弄，把他喊作“枪靶”，他就只做着一个火夫照例在上司面前的微笑，问连长什么时候动手。为什么动手他却不问。因为自然是革命救国打倒军阀才有战事，不必问也知道，这个人，有些地方他已不全呆了。

驻到前线三天，一切却无动静。这事情仿佛与自己太有关系了，他成天总想念到这件事。白天累了，草堆里一倒就睡死，可是忽然在半夜醒来时，他的耳朵就像为什么枪声引起了注意才醒的。他到这时节就不能再睡了。他就想，或者这时候前哨已有命令到了？或者有夜袭的事发生了？或者有些地方已动了手，用马刀互相乱砍，用枪刺互相乱刺？他打了一个冷战，爬起身来，悄悄地走出去望了一望帐篷外的天气，同时望到守哨的兵士鹄立在前面，或者是肩上扛了枪来回地走。他不愿意惊动了这人，又似乎不能不同这人说一句话，就咳嗽，递了一个知会。他的咳嗽是无人不知道的，自然守哨的人即刻就明白是会明了，到这时，遇守哨人是个爱玩笑的人呢，就必定故意地说"口号！"他在无论何时是不至于把本晚上口号忘去的。但他答应的却是"火夫会明"。军队中口号不同是自然的事，然而这个人的口号却永远是"火夫会明"四个字。把口号问过，无妨了，就走近哨兵身边。他总显着很小心的神气，问，"大爷，怎么样，没有事情么?""没有。"答应着这样话的哨兵，走动了。"我好像听见枪声。""你在做梦。""我醒了很久。""说鬼话。"问答应当小住了，这个人，于是又张耳凝神听听远处。然而稍过一会，总仍然又要说："听，听，大爷，好像有点不同，你不注意到么？"假若答的还是"没有"，他就像顽固的孩子气地小声说："我疑心是有，我听到马嘶。"那答的就说："这是你出气。"被骂了后，仍然像是放心不下，还是要说。……或者，另外又谈一点关于战事死人数目的统计，以及生死争夺中的轶闻。这火夫，直到不得回答，身上也有点感觉发冷，到后看看天，天上全是大小星子，看不出什么变化，就又好好地钻进帐篷去了。

战事对于他也可以说是有利益的，因为在任何一次行动中，他总得到一些疲倦与饥渴，同一些紧张的欢喜。就是逃亡、退却，看到那种

毫无秩序的纠纷，可笑的慌张，怕人的沉闷，都仿佛在他是有所得的。然而他期待前线的接触，却又并不因为这些事了。他总以为既然是预备要打，两者已经准备好了，那么乘早就动手，天气合宜，人的精神也较好。他还记得去年在鄂西的那回事情，时间正是六月，一倒下，气还不断，糜烂处就发了臭，再过一天，全身就是小蛆的爬行，否则头脸发紫，涨大如斗，肚腹肿高，旋即爆裂出肠。一个军人，自己的生死虽应置之度外，可是死后那么难看，那么发出恶臭流水生蛆，虽然是敌人，还在另一时用枪拟过自己的头作靶，究竟也是不很有意思的事！如今天气是显然一天较一天热，再不打，过一会，真就免不了要像去年情形了。

为了那太难看太不与鼻子相宜的六月情形，他愿意动手的命令即刻就下。

然而前线的光景，却不能如会明所希望的变化。先是已有消息令大队在××集中，到集中以后，局面反而和平了许多，又像是前途还有一线光明希望了。

这和平，倘若当真成了事实，真是一件使他不大高兴的事。单是为他准备战事起后那种服务的梦，这战争的开端，只顾把日子延

长下去，已就是许多人觉得是不可忍受的一件事了。人人都并不欢喜打仗。但都期望从战事中得到一种解决：打赢了，就奏凯；败了，退下。总而言之一到冲突，真的和平也就很快了。至于两方支持原来地位下来呢，在军人看来却感到十分无聊。他与他们心情并不差异的，就是死活都以即刻解决为妙，维持原防，不进不退，是不行的。谁也明白六月天气真不行！

他实在愿意打起来，似乎每打一仗，便与他从前所想的军人到西北去屯边救国的事实走近一步了，于是他在白天，逢人就问究竟是要什么时候开火。他那种关心好像一开火后就可以擢升营长。可是这事谁也不清楚，谁也不能做决定的回答。人人就想知道这一件事，然而照例在命令到此以前，军人是谁也无权过问这日子的。看样子，非要在此过六月不可了。

五天了，还没动静。

六天了，一切还是同过去的几天一样情形。

一连几天不见变动，他对于夜里的事渐渐不大关心了。遇到半夜醒来出帐篷解溲，同哨兵谈话的次数也渐渐少了。

去他们驻防处不远是一个小村落，这村落因为地形的原故，没有争夺的必要，所以不驻一兵。然而住在村落中的人，却早已全数迁往深山中去了。数日来，看看情形不甚紧张，渐渐的，数日前迁往深山的乡下人，就有很多悄悄地仍然回到村中看视他们的田园的人，又有乡下人敢拿鸡蛋之类陈列在荒凉的村前大路旁，来同这些军人冒险做生意的。

会明为了火夫的本分，在开火以前，是仍然可以随时各处走动的。

村中已经有了人做生意，他就常常到村子里去。他每天走几次，一面是代连上的弟兄买一点东西，一面是找一个把乡下上年纪的人谈一谈话。而且村中更有使他欢喜的，是那本地种的小叶烟，颜色简直是金子，味道又不坏。既然不开火，烟总是要吸的，有了本地烟，则返回原防时，那原有三束草烟还是原束不动，所得好处的确已不少了，所以他虽然不把开火的事忘却，但每天到村中去谈谈话，尽村中人款待一点很可珍贵的草烟，也像这日子仍然可以过得去了。

村子里还有酒，从地窖中取出的陈货，他量不大，但喝一杯也令人心情欢畅。

他一到了那村落里，把谈话的人找到了，因为那满嘴胡子，别人总愿意知道他胡子的来处，这好人，就很风光地说及十年前的故事。把话说滑了口有时也不免小小吹了一点无害于事的牛皮，譬如本来只见过蔡锷两次，他说顺了口，就说是四五次。然而说过这样话的他，比听的人先把这话就忘记了到脑后，这也不算是罪过了。当他提起蔡锷时，说到那伟人的声音颜色，说到那伟人的精神，他于是记起了腰间一面旗，他就想了一想，很老成地望了一望对方人的颜色。本来这一村，这时留到这里的全是有了年纪的人，照例同他在一起谈话的总是老头子，因为望到对方人眼睛是诚实的眼睛，他笑了。他随后做的事是把腰间缠的小小三角旗取下来了。“看，这个！”看的人眼睛露出吃惊的神气，他得意了。“看，这是他送我们的，他说‘嗨，勇敢点，插到那个地方去！’你明白插到哪个地方去吗？”听的人，自然是摇头，而且有愿意明白“他”是谁以及插到什么地方去的意思。他就慢慢地一面含着烟管一面说……听这话的人，于是也仿佛到了那个地方，看到这一群勇敢的军人，在插定旗子下面生活，旗子一角被风吹得拨拨作响的情形。若不是怕连长罚在烈日下立正，这个人，为了使这乡下人多明白一点，早已在这村落中一个土阜上面把旗子竖起，让这面旗子当真来在风中拨拨作响了。有时候，他人也许还问到“这是到日本到英国？”他就告他们“不拘哪一国，总之不是湖南省，也不是四川省。”他想到那种树林，那里与中国相远，以为大概不是英国总就是日本国的。

至于俄国呢，他不说的，因为那里可怕，军队中照例是不许说这个国名的。

就好像是因为这慷慨的谈论，他把一切友谊同这村落中人交换了，有一次，他忽然得到一个人赠送的一只母鸡，带回帐篷了。那送鸡的人，告他这鸡每天会从拉屎的地方掉下一个卵来，他把鸡捧回时，就用一个无用处的白木子弹箱安置了它，到第二天一早，果然木箱中多了一个鸡卵。他把鸡卵取去好好地收藏了，喂了鸡一些饭粒，等候第二个鸡卵，第三天果然又是一个。当他把鸡卵取到手时，便对那母鸡做着“我佩服你”的神气。鸡也懂事，应下的卵从不悭（qiān）吝过一次。

鸡卵每天增加一枚，他每天抱母鸡到村子里尽公鸡轻薄一次，他为一种新的兴味所牵引，把战事的一切完全忘却了。

自从产业上有了一只母鸡以后，这个人，他有些事情，已近于一个做母亲人才需要的细心了。他同别人讨论这只鸡时，是也像一个母亲与人谈论儿女一样的。他夜间做梦，就梦到有二十只小鸡旋绕脚边吱吱地叫。梦醒来，仍然是凝神听，但所注意的已不是枪声是其他，他担心有人偷取鸡卵，有野猫拖鸡。

鸡卵到后当真已积到了二十枚。

会明除了公事以外多了些私事。预备孵小鸡，他各处找找东西，仿佛做父亲的人着忙看儿子从母亲大肚中卸出。对于那伏卵的母鸡，他也从“我佩服你”的态度上转到“请耐耐烦烦”的神情，似乎非常客气了。

日子在他的期待中，在其他人的胡闹中，在这世界上另一地方许多人的咒骂歌唱中，又糟蹋二十余天了。小鸡从薄薄的蛋壳里出到日光下，一身嫩黄乳白的茸毛，啁啾的叫喊，把会明欢喜到快成疯子。他很高兴，如果这时他被派的地方，就是平时神往的地方，他能把这一笼小鸡带去，即或别无其他人作伴，也将很勤地一个人在那里竖旗子地方住下了。

知道他有了一窝小鸡，本连上小兵，就成天有人来看他的小鸡的。还有那爱小意思的兵士，就有向他讨取的事情发生了。对于这件事他不悭吝地就答应了人，却附下了条件，虽然指派定这鸡归谁那鸡归谁，却统统仍然由他管理。他在每一小鸡身上作一个不同的记号，却把它们一视同仁地喂养下来。他走到任何帐篷里去都有机会告给旁人小鸡近来如何情形，因为每一个帐篷里面总有一个人向他要过小鸡。

白天有太阳，他就把小鸡雏同母鸡从木箱中倒出来，尽这母子在帐篷附近玩，自己却赤了膊子咬着烟管看鸡玩，或者举起斧头劈柴，把新劈的柴堆成塔形。

遇到进村里去，他便把这笼鸡也带去，他预备给那原来的主人看，像那人是他的亲家。小鸡雏的健康活泼，从那旧主人口中得到一些动人的称赞后，他就非常荣耀骄傲地含着短烟管微笑，还极谦虚地说：“这完全是鸡好，它太懂事了，它太乖巧了。”为此一来，则仿佛这光荣对于旧主人仍然有分，旧主人觉悟到这个，就笑笑，会明感动到眼角噙了两粒热泪。

“大爷，你们是不打了吗？”

“唔，命令不下来。”

“还不听到什么消息吗？”

“或者是六月要打的。”

“若是要打，怎么样？”这老人意思所指，是这一窝鸡雏的下落。

会明也懂到这个意思了，就说：“这是连上一众所有的。”他且为把某只小鸡属于某一个人一一指点给那人看。“要打吧，也得带它们上前去。它们不会受惊的。你不相信吗？我从前带过一匹猫，这猫同我们在壕沟中过了两个月，是一只黑猫。”

“猫不怕炮火么？”

“它像人，到了那里就不知道怕。”

“我听说外国狗也打仗！”

“是吧，狗也能打仗吧。狗比人还聪明的。我亲眼看过一只狗有小牛大，拉车子。”

虽然说着猫呀狗呀的过去的事，看样子，为了这一群鸡雏发育的方便，会明已渐渐地倾向于“非战主义”者一面，也是很显然的事实了。

白日里，还同着鸡雏旧主人说过这类话的会明，返到帐篷中时坐在鸡箱边吸烟，正幻想着这些鸡各已长大飞到帐幕顶上打架的情形，有人来传消息了。人从连长处来，站在门口，说这一连已得到命令，今晚上就应当退却。会明跑出去把人拉着了，“嗨，你说谎！”来人望了望是会明，把身挣脱，走到别一帐篷前去了。他没有追这人，却一直向连长帐篷那一方跑去。

在连长帐篷前遇到他的上司了。

“连长，这是正经话吗？”

“什么话是正经话？”

“我听到他们说……”

连长不作声。这火夫，已经跑得气息发喘，见连长不说话，从连长的肩膊上望过去，才注意到有人在帐篷里面收拾东西，他抿抿嘴唇，很得意地跑回去了。

和议的局势成熟，一切作头脑的讲了和，地盘分派妥当，照例约好各把军队撤退，各处标语全扯去，天下太平了。会明的财产上多一个木箱，多一个鸡的家庭，他们队伍撤回原防时，会明的伙食担上一端是还不曾开始用过的三束草烟叶，一端就是那些小儿女。本来应当见到血，见到糜碎的肢体，见到腐烂的肚肠，没有一人不这样想！但料不到的是这样开了一次玩笑，一切的忙碌，一切精力的耗费，一切悲壮的预期，结果无事，等于儿戏。

在前线，会明是火夫，回到原防会明仍然也是火夫。不打仗，他仿佛觉到去那大树林涯很远，插旗子到堡上，望到这一面旗被风吹的日子还无希望。但他喂鸡，很细心地料理它们，多余的草烟至少能对付四十天，他是很幸福的。六月来了，这一连人没有一个腐烂，会明望到这些人微笑时，那微笑的意义，是没有一个人明白的。

泥涂

长江中部一个市镇上，十月某日落小雨的天气，在边街上一家小小当铺里，敝旧肮脏铺柜下面，站了三个瘦小下贱妇人，各在那里同柜台上人争论价钱。其中一个为了一件五毛钱的交易，五分钱数目上有了争执，不能把生意说好，举起一只细瘦的手臂，很敏捷攫过了伙计从柜台上抛下的一包旧衣，恨恨地望了另外两个妇人一眼，做出一种决心的神气，很匆遽地走了出去。可是这妇人快要走到门边时，又怯怯地回过头来，向柜台上人说：

“大先生，加一毛都不行吗？”

“不行！你别走，出了门时，回头来五毛也不要。”

妇人听到这句话，本来已拿这些东西走过好几个小押铺，出的价钱都不能超过五毛，一出门，恐怕回来时当真就不要了，所以神气便有点软弱了，她站在那个门边小屏风角上，迟疑了一下，十分忧郁地说：“人家一定要六毛钱用，不是买米煮饭，是买药救命！”

柜台上几个朝奉恶意地低低地笑着。因为凡是当衣服的人，全不缺少一种值得哀怜的理由，近来后街一带天花的流行，当东西的都说买药，所以更可笑了。

这样一来妇人似乎生了气，走出了门，可是即刻就回来，趑趄回到柜台前了。一会儿重新把手举起那个邋遢包裹，柜上那一面，却并不即伸出手来接受那个肮脏的包袱。还得先说好了条件，“五毛，多了一个不能。”答应了。到后才把那个包裹接了过去，重新在台上解开，轻轻地抖着那两件旧衣，口中唱着一种平常人永远听不分明的报告，再过一会儿，就从上面掷来一张棉纸做成的当票，同一封铜子。妇人把当票茫无所知地看了一下，放到汗衣上贴胸小口袋里后，才接过铜子来，坐到窗下一条长凳上，数那从五角钱折好的铜子。来回数了三次，把钱弄清楚了，又在那凳上慢慢地包好，才叹了一口气走出了门。

一出了当铺的门，望望天空细雨已经越落越大了，她记起刚才在当铺柜台边时，地下有几张不知谁人丢下的破报纸，就又重新走回去，拾取了那报纸，把报纸搭盖着头部同肩部，作为一个防雨的宝物，才向距边街当铺已过十二家后一条小弄子里走去。

××的边街位置在×城××市的北方，去本市新近开辟的第四号大柏油路约一里又三分之一，去老城墙不到半里，××的地方因为年来外国商人资本的流入，市面的发展有出人意外的速度，商埠因为扩张渐渐有由南向北移去的样子，所以边街附近那几条街，情形也就成天不同。但边街因太同本地人名为“白墙的花园”那个专为关闭下贱的非法的人类牢狱接近，所以商埠的发展，到了某某街以后，就转而移向东方走去。因为东方多空地，离开牢狱较远，那地方原是许多很卑湿的地方，平时住下无数卑贱的为天所弃的人畜。到后这地方都被官家把地圈定，按亩卖给了当地财主团，各处皆分段插了标识，过不久，就有人从大河运了无数泥沙同笨重石头，预备填平了这些地方，又过一些日子，即在那些地方建筑了无数房子了。至于原来住东城卑湿地面草蓬里的人呢，除了少数年富力强合于工作的，留下来充当小工外，其余老幼男女，自然就到了全被驱逐赶走的时候了。他们有的向更东一方挪移。有些便移过了比较可以方便一点的北区，过着谁也想象不到的日子。北区因为这些分子的搀入，自然也仿佛热闹了，乱糟糟的，各处空地都搭了篷子，各处破庙里都填满了人，各处当街的灶头，屠桌上，铺柜上，一到了夜里，都有许多无处可栖身的人，争先占据一片地方，裹在破絮里，蜷伏成一团，闭了两只失神憔悴的眼睛，度过一个遥遥的寒夜。

这里虽同××市是一片土地，却因为各样原因，仿佛被弃样子，独立地成为一区。许多住过××市南区及新辟地段住宅区的人，若非特别事情到过这里，仿佛就不会相信×城还有这样一些地方。

九月来，在这些仿照地狱铺排的区域里，一阵干燥，一阵淫雨，便照例不知从何处而来一个流行传染病，许多人家小孩子皆害着天花。这病如一阵风，向各处人家稠密的方面卷去，每一家有小孩子

的，皆不免有一个患者，各处都可看到一些人用红纸遮盖着头部，各处都看到肿胀发紫的脸儿，各处都看到小小的棺木。百善堂的小棺木，到后来被这个区域贫人也领用完了。直到善堂棺木领完后，天花还不曾停止它的流行，街头成天有人用小篮儿或破席，包裹了小小的尸身向市外送去。每天早上，公厕所或那种较空阔地方，或人家铺柜门前，总可以发现那种死去不久，全身发胀崩裂，失去了原来人形，不知为谁弃下的小小尸骸。

地方聪明的当局，关于这类下贱龌浊病症的救济事情，除了接受一个明事绅董的提议，把边街尽头，通过市区繁盛区的街口，各站了一些巡警，禁止抱了小孩出街以外，就什么也不曾做。照习惯边街有善堂的公医院，同善堂的施药施棺木处，一切救济就都是这个善堂。但棺木到某一时也没有了。同时这上帝用污秽来扫灭一切污秽的怪病，却从小孩转到了大人方面。一切人都只盼望刮风，因为按照一种无知的传说，这种从地狱带来的病，医药也只能救济那些不该死的人，但若刮了一阵风，那些散播天花小鬼，是可以为一阵大风而刮去，终于渐渐平复的。

这收拾一切的风，应当在什么时候才来？上帝在这里是不存在的，这地方既然为天所弃，风应当从哪儿吹来？自然的，大家都盼望着这奇怪的风，可是多数人在希望中都就先死去了。天气近了深秋，节季已不同了，落了好多天小雨，气候改变了一些，这传染病势力好像也稍稍小了一些。

那个用报纸作帽，在人家屋檐下走着的妇人，这时已走过了名为小街的一个地方，进了一个低低的用一些破旧洋磁脸盆，无用的木片，一些断砖，以及许多想象不到的废物，拌成屋顶的小屋子里。一进去时，因为里边暗了一点，踹了一脚水，吓了一跳，就嘶声叫唤着睡在床上的病人。

“四容，四容，怎么屋里水都满了，你不知道吗？”

卧倒也算是床的一块旧旧的不知从何处抬来的门匾上的病人，正在发热口渴，这时知道家中人已回来了，十分快乐，就从那个脏絮的一头，发出低弱的回声。“娘，你回来了，给我水喝！”孩子声音那么低弱，摇动着妇人的感情，妇人把下唇咬着，抑制着自己。

但妇人似乎生了一点气，站到门口：“你喝多少水呀！我问你，我们屋子里全是水了，你不知道吗？”

“我听后面有人嚷闹，说大通公司挖沟放了水，我听他们骂人，可不知是谁骂人。”

妇人不理病人，匆匆走到屋后去了。到了后面，便眼见有许多人正在用家伙就地挖泥壅堤，因为附近过分低了一点，连日雨水已汇积成小湖，尽有灌到这些小小屋子里的趋势，但今天却为了在附近的工厂里放出积水，那些水都流向这个低处来，所以许多人家即刻都进水了。

这时许多人皆在合作情形下，用一些家伙从水里挖起泥来就地堆成小堤，一些从天花中逃出生命的孩子，疾病同饥饿折磨到他们的顽健，皆痴痴地站在高处，看他们家里人做事。

妇人向着一个脸上痘瘢还未脱尽正在那里掘沟的男子，她喊他的名字作祖贵，问他这是怎么一回事。那男子正为了这事有点生气，说：“怎么一回事，只有天晓得，我们房屋明天会都在水里！”

妇人说：“你家也进水了吗？”

男子说：“可以网鱼了！”

妇人说：“别的方法都没有了吗？”

那男子就笑了。“什么方法？”那时正把一铲泥撬起向小堤上抛去，“就是这个，劳动神圣。”

另外远一点一个妇人站在水边发愁，就告四容母亲说，“有人已经告局里去了！”那妇人意思，实以为局里必是很公道，即刻就有办法的。

“告局里，他们就正想借这件事赶我们！”那男子一面说，一面走过去，把手中的一把铲子向水中捞着一个竹筒。“局里人都是强盗！他们只会骗我们骂我们，诬赖我们，他们只差一件事还不曾做到，就是放火烧我们的房子。”

有人就说：“莫乱说！”

那有痘瘢的祖贵说：“区长若肯说真话，他会详详细细告你一切！”

妇人说：“区长说他捐薪水发棉衣，一到十月就要办这件事！”

“谁得他的棉衣？每个区长都这样说一次，还有更好听更聪明的话！他那么说了，下一次又好派人来排家敛钱，要我们送他的匾。上次为区长登报，出两百钱，张家小九子告我们说，报上还看到我的名字，鬼晓得，名字上了报有什么好处，算什么事！”

另外一个正在搬取泥土、阻拦到他自己屋旁的老年人，搭着嘴说：“为什么没有好处？我出一百钱，我就无名字！许多人出一百钱都无名字！”

那祖贵望老年人露出怜悯的微笑：“你要报上有名字吗？花园里每

次砍一个人，就有一个名字在报上……”

妇人喊那个站在水边发愁的女人，问：“是谁去告局里？”那女人说：“帮人写信的张师爷，他说，他去局里报告，要局里派人来看看。他做事是特别热心的。”

那挖泥土脸有痘瘢的男子就说：“他去报告，一面报告这件事，一面就去陪巡长烧烟，讨烟灰吃。”

那发愁的妇人因为不大同意这句话，就分辩说：“什么烧烟？张师爷是好人！他帮你们写信，要过谁一个钱没有？他那兄弟死了，自己背过××去，回来时眼泪未干，什么人说，张师爷，做好事，给我写个禀帖，他就不好意思拒绝别人这样的请求！”

祖贵说：“那有什么用处？谁不承认他是好人？可是人好有什么用处？况且他帮你做点事，自己并不忘记他自己的身分。他同谁都说他是一个上士，是个军籍中人，现在命运不好，被革命的把地位革掉了。他到这里就因为他觉得比你们高贵，比你们身分高一层，可怜你们，处处帮你们的忙。他同你们借钱，借一个就还一个。可是一发瘾了，这条曲蟮，除了到巡长处讨烟灰吃以外，就没有什么去处！”

“可是巡长看得起他，局里人全看得起他！”

“你说巡长送他的烟灰是不是？”

“他是读书人。”

“他是读书人？丢读书人的丑！”这男子复又自言自语似的说：“他算不得读书人！读书人都无耻，我看不起读书人全体。因为他们认得几个字，就想得出许多方法欺侮我们，迫害我们，哄我们，骗我们。我恨他们……”

那发愁女人心想："你跟谁学来的这些空话？"忙把手指塞到耳朵，把头乱摇，因为听到的话好像很不近情，且很危险。她明白祖贵一说到这些时就有许多话，一时不能停止，谁也管不了他，她于是望望天气，天空中的小雨还在落，她似乎重新记起了自己应发愁的事情，觉得到此辩嘴无意思了，就拉了一下披在肩上的一片旧麻巿，跳过了一道小沟，钻进自己那小屋子里去了。

这时远远的，正有一个妇人在屋里悠悠地哭着，一定的，什么充满了水的小屋里，一个下贱的生命又断气了。在水边的一些人，即刻就知道了是谁家的孩子去了世，因为这些人，平常时节决不会有什么烟子从屋中出来，家中有了病人，即或如何穷，平时没有饭吃，也照习气得预备一点落气纸钱，到什么时节病人落气时，就在床边焚烧起来，小小的屋子自然即刻满了青烟，这烟与妇人哭声便一同溢出门外，一些好事的或平常相熟的人，就都走过去探望去了。

这时节妇人记起自己家中那个病人要水喝了，忙匆匆回到自己屋里去，因为地下水已把土泡松了，一不小心，便滑了一下，把搁到架上一个空镔铁盒子绊落了地，哗啷啷地响着，手中那一封铜子也打散到水里了。

床上那病人叹着气，衰弱地问着："娘，你怎么了？"

妇人懊恼地从水里爬起，"见了鬼。"她不即捡钱，把手在身上擦着，伸到一堆破絮里去摸病人的额部，走过水缸边去舀水，但又记起病人喝冷水不好，就说："四容，你莫喝冷水，等一等我烧水喝。"

病人似乎不甚清醒，只含含糊糊说一些旁的话。

妇人于是蹲到床边水里，摸那打散了的一封铜子，摸了半天，居然完全得到了，又数了两回，才用一块破布包好了，放到病人的床头席垫下，重新用那双湿湿的手去抚摸病人的头额。

“娘，口干得很，你为我舀点冷水给我喝喝吧，我心上发烧！”

妇人一句话不说，拿了一个罐子走出去了，到另外一个正在烧水的人家，讨了些温水，拿回来给病人，病人得到它，即刻就全喝了。把水喝过一会后，病人清醒了许多，就问这时已到了什么时候，是不是要夜了。妇人傍在床边，把头上的报纸取下来，好好地折成一方，压到床下去，没有什么话说。她正在打量着一件事情，就是刚才到当铺得的那五毛钱，是应当拿去买药，还是留下来买米？她心中计算到一切，钱只那么一点点，应做的事却太多了，便不能决定她所应做的事。

那病人把水吃过以后，想坐起来，妇人就扶了他起来，不许他下床，因为床下这时已经全是水了。

妇人见孩子的痛苦样子，就问他：“四容，你说真话，好了一点没有？”

“一定好多了，娘你急什么？我们的命在天上，不在自己手上。”

“我看你今天烧得更厉害。”

“谁知道？”病人说着，想起先一时的梦，就柔弱地笑了。“我先一会儿好像吃了很多桃子同梨，这几天什么地方会有桃子？”

妇人说：“你想吃桃子吗？”

“我想吃橘子。”

“这两天好像有橘子上市了。”

“我想到的很多，不是当真要吃的。我梦到很多我们买不起的东西！我梦里看到多少好东西呀！我看到大鱼，三尺长的大鱼，从鸡笼里跳出来，这是什么兆头？——天知道，我莫非要死了！”

妇人听说要死了，心里有一点儿纷乱，却忙说：“鱼自然是有余有剩。……”

这时那个门口，有一个过路的相熟妇人，拖着哑哑的声音向里面人发问：“刘嬢，刘嬢，怎么，你在家吗？孩子不好一点了吗？”

“好一点，谢谢你问到他，我这屋子里全是水了，你不坐坐吗？”

“不坐喔，我家里也是水！今天你怎么不过花园？我在窑货铺碰到七叔，他问你，多久不见你了。他要你去，有事情要你做。”

“七叔孩子不好了吗？”

“你说是第几的？第二的早好了，第四的第五的早埋了。”

那病人听到外面的话，就问妇人：“娘，怎么，七叔孩子死了吗？”妇人赶快走到门外边去，向那个停顿在门口的女人摇手，要她不要再说。

不一会儿，这妇人就离了病人，过本地人大家都叫它作“白墙的花园”的监牢那边去，在监牢外一条街上，一家烟馆的小屋前，便遇着了专司这个监牢买物送饭各样杂琐事情的七叔。这是一个秃头红脸小身材的老年人，在监狱里做了十四年的小事，讨了一个疯瘫的妻，女人什么事都不能做，却睡在床上为他生养了五个儿女。到了把第五个小孩，养到不必再吃奶时，妇人却似乎尽了那种天派给她做人的一分责任，没有什么理由再留到这个世界上，就在一场小小的热寒症上死掉了。这秃头七叔，哭了一场，把妇人从床上抬进棺木里，伴着白木棺材送出了郊外，因此白天就到牢里去为那些地狱中人跑腿，代为当当东西，买买物件，打听一下消息，传达一些信件，从那些事务上得到一点点钱，晚上就回来同五个孩子在一张大床铺上睡觉，把最小的那一个放到自己最近的一边。白天出去做事时，命令大孩子管照小孩子，有时几个较大的孩子，为了看一件热闹事情争跑出去了，把最小的一个丢到家里，无人照料，各处乱拉屎拉尿，哭一阵，无一个人理会，到后哭倦了，于是就随便在什么地方睡着了。

这秃头父亲因为挂念到几个幼小的孩子，常常白天回去看看，有时就抱了最小那一个到狱中去，站到栅栏边同那些犯人玩玩。这秃头同本街人皆称为刘孃的妇人，原有一点亲戚关系，所以妇人也有机会常常在牢狱走动走动，凡有犯人请托秃头做的事，当秃头忙不过来时，就由妇人去做。照例如当点东西，或买买别的吃用物品，妇人因为到底是一个妇人，很耐烦地去讲价钱，很小心地去选择适当的货物，所以更能得到狱中的信任与喜悦。她还会缝补一点衣服，或者在一块布手巾上用麻线扣一朵花，或者在腰带上打很好的结子，就从这牢狱方面得到一种生活的凭藉，以及生存的意义。有时这些犯人中，有被判决开释出去了，或者被判决处了死刑，犯人的遗物，却常常留着话，把来送给秃头同妇人。没有留着话说，自然归看狱管班，但看狱管班，却仍然常常要妇人代为把好的拿去当铺换钱，坏一点的送给妇人作为报酬。

因为本地天花的流行，各家都有了病人，一个在学剃头的孩子四容，平时顽健如小马，成天随了他的师傅，肩挑竖有小小朱红旗竿的担子，到各处小地方去剃头，忽然也害了这脏病。这寡妇服侍到儿子，匆忙过公医院去讨发表药，过药王宫去求神，且忙到一切事情，所以好一些日子，不曾过花园那边去。

就是那么几天，多少人家的小孩子都给收拾尽了。

妇人见到了秃头七叔，就走过去喊他："七叔。"秃头望着妇人，看看妇人的神气，以为孩子死了。秃头说："怎么，四容孩子丢了吗？"妇人说："没有。我听人说小五小四，……"

秃头略略显出慌张："你来，到我家坐坐吧，我同你说话。"

秃头就烟馆门前摊子上的香火，吸燃了一根纸烟，端整了一下头皮上那顶旧毡帽，匆匆地向前走后。妇人不好说什么话，心里也乱乱的，就跟着秃头走去。秃头一面走一面心里就想，死了两个还有三个，谁说不是那个母亲可怜小孩子活下受罪，父亲照料受折磨，才接回去两个？

妇人过秃头家里去，谈了一阵死的病的种种事情，把秃头嘱咐代向万盛去当的银镯钏同戒指，袖到身上后，就辞了秃头，过后街去。把事办妥后又到狱里去找秃头，交给钱同当票，又为另一个犯人买了些东西，事情做完回家时，天已快夜了。那时四容已睡着了，就把所得脚步钱从摊子上买来的两个大橘子，给放在四容床边，等候他醒来，看是不是好了一点。四容醒时同他妈说后面水荡里，撬泥巴拦水的，有人发现了一个小尸首，不知是谁抛入河里的，大家先嚷了半天。妇人说："管他是谁的，埋了就完了。"说了就告给四容，"买得了两个橘子，什么时候想吃就吃。"四容吃了一个橘子，却说："今天想吃点饼，不知吃不吃得。"妇人想，痘落了浆，怎么不能吃，不能吃饼又吃什么？

过后听到门前有打小锣的过身，妇人赶忙从病人枕下取了些钱，走出去买当夜饭吃的切饼同烧薯。回来时，把一衣兜吃的东西都向床上抛去，一面笑着一面扯脱脚下浸湿透了的两只鞋，预备爬到床上吃夜饭。四容见他娘发笑，不知是为什么事，就问他的娘，出去碰到了谁。妇人说：“不碰到谁。我笑祖贵，白天挖沟泄水时，一面挖泥一面骂张师爷，这时两人在摊子边吃饼喝酒，又同张师爷争着会钞，可是两个人原来都是记帐。”

“他们都能记帐！”

“他们有钱时又不放赖，为什么不可以记帐？”

“祖贵病好了吗？”

“什么病会打倒他呢？谁也打不倒他，他躺到床上六天，喝一点水，仍然好了。”

“他会法术。他那样子是会法术的神气。”

“哪里！他是一个强硬的人！人一强硬还怕谁。”

“张师爷也是好人，他一见了我，就说要告我认字。我说我不想当师爷，还是莫认字吧。他不答应我这话，以为我一定得认识点字才对。他要我拜他做老师，说懂得书那是最尊贵没有了。”

“认字自然是好的，他成天帮人的忙，祖贵骂他，只口口声声说要把他头闷到水里去，淹得他发昏，他就从不生气！这是一个极好的人，因为人太好，命运才那么坏！”

“他们是一文一武，若……，可以辅佐真命天子！”

“说鬼话，你乱说这些话，要割你的嘴！”

“是我师傅说的。”

“你师傅若那么乱说，什么时候，就会用自己的剃刀，割他自己

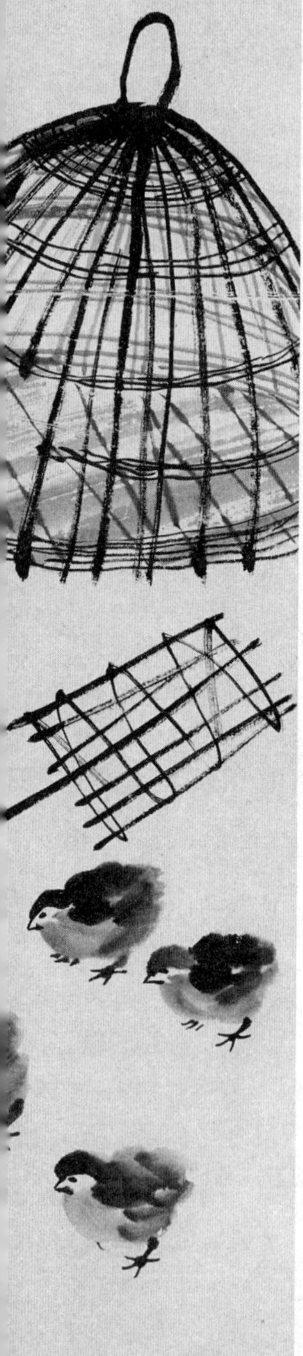

的嘴。”

母子两人吃着切饼，喝着水，说着各样的话，黑夜便来了，黑夜把各处角隅慢慢地完全占领后，一切都消失了。

在同一地方，另外一些小屋子里，一定也还有那种能够在小灶里塞上一点湿柴，升起晚餐烟火的人家，湿柴毕毕剥剥地在灶肚中燃着，满屋便窜着呛人的烟子，屋中人，藉着灶口的火光，或另一小小的油灯光明，向那个黑色的锅里，倒下一碗鱼内脏或一把辣子，于是辛辣的气味同烟雾混合，屋中人皆打着喷嚏，把脸掉向另一方去，过一时，他们照规矩，也仍然那么一家人同在一处，在湿湿的地上，站着或蹲着，在黑暗中把一个日子一顿晚饭打发了。

第二天一大清早，强梁的祖贵，就同那个在任何时节，任何场合里，总不忘记自己是一个上士身分的张师爷，依照晚上两人约好的办法，拿一张白纸，一块砚台，一支笔，排家来看察，看是不是水已侵进了屋子，又问讯这家主人，说明不必出一个钱，只写上一个名字，画个押，把请愿禀帖送到区里去，同时举代表过工厂去，要求莫再放水，看大家愿不愿意。一些人自然是谁都愿意的，虽然都明白区里不大管这些事情，可是禀告了一下，好像将来出什么事情就有话说了。

说到推代表，除了要祖贵同张师爷一文一武，谁还敢单独出场。平常时节什么事就得这两个人，如今自然还是现成的，毫无异议，非两人去不行！可是那个文的，对于这一次事情，却说一定要几个女的同去，一定顺利一点。他在这件事上还不忘记加一个雅谑，引经据典，证明“娘子军到任何地方都不可少”。因为这件事同为了禀帖上的措词，他几乎被祖贵骂了一百句野话，可是他仍然坚持到这个主张。他以为无论如何代表要几个女的，措词则为“恳予俯赐大舜之仁”，才能感动别人。祖贵虽然一面骂他一面举起拳头恐吓他，可是后来还是一切照他的主张办去，因为他那种热心，祖贵有时也不好意思不降服他了。

当两人走到四容家门口时，张师爷就哑哑地喊着：

“刘孃，刘孃，在家么？”

妇人正坐在床上盘算一件值几百钱的事情，望到地下的水发愁，听听有熟人声音了，就说，“在家，做什么？”因为不打量要人进屋里来，于是又说，“对不起，我家里全是水了！”祖贵说，“就是为屋里进水这一件事，写一个名字，等一会儿到厂里去。”

妇人知道是要拼钱写禀帖，来的是祖贵，不能推辞，便问：“祖贵，一家派多少钱？”

“不要钱，你出来吧，我们说说。”

妇人于是出来了，站到门外，用手拉着那破旧的衣襟，望到张师爷那种认真神气很好笑。那上士说，“我们都快成鱼了，人家把我们这样欺侮可不行！这是民国，五族平等，这样来可不行！”

妇人常常听到这个人口上说这些话，可不甚明白他的意思所在，也顺口打哇哇说：“那是的，五族共和，这样来可不行！”

“我们要我们做人的权利，我们要向他们总理说话。”

“你昨天不是到区里说了吗？”

这上士，不好意思说昨天到区长处说话时，被区长恐吓的种种情形了，就嗫嗫嚅嚅向旁人申诉似的，说是“一切总有道理，不讲道理，国家也治不好”。

站在路中泥水里的祖贵，见这人又在说空话了，就说：“什么治国平天下？大家去一趟，要他们想一个办法，讲道理，自然好了，不讲道理，自己想法对付！”

妇人说：“要去我们全去，我不怕他们！”

那上士说：“就是要大家去的，刘孃你就做个代表好了。”

什么是代表妇人也不明白，只听说是去厂里区里的事，为的是大家的房子，所以当下就答应了。两个人于是把名字写上，约好等一会儿过祖贵家取齐，两个人又过另一家说话去了。

请愿的团体一共是十三个公民所组成，张师爷同祖贵充当领袖，大家集合成群先过警察所去，站到警察所门前，托传达送请愿禀帖进去，等了大半天，还无什么消息。等了许久大家都有点慌了，不知是回去还尽是等在这里好。祖贵出主意，要师爷一个人进去看看。这个人，明白这是公众的意见，便把身上那件旧棉外套整理了一下，口中念念有词，拟定了要说的话，传达原本认识他，见他想进去，自然就让他进去了。

进去一会儿，这人脸上喜洋洋地走出来了。因为昨天他一个人来说时，区长还说再来说就派人捉了他，把他捆绑起来喂一嘴马粪，今天恰逢区长高兴，居然把事情办好了。他出来时手中拿得有一个区长的手谕，到了外边，就念区长的手谕给大家听：

“代表所呈已悉，仰各回家，安心勿躁，静候调查，此谕。”

大家这时面面相觑，似乎把应做事情已做完了，都预备散去，另一个人就说：“大家慢点，我们要张师爷再代表我们进去一趟，请求这时就派一个人跟我们去看看。我们别的不要，只要看看我们的住处就行！”

祖贵以为要这边看看，不如要厂里派人看看，倒是请一个巡士同大家过厂里说说较好。

师爷用不着大家催促，即刻又自告奋勇进去了，不一会，就有一个值班的警察，一路同师爷说话一路走出来，一群人围拢去，师爷把祖贵抓过一旁，轻轻地说：“先到厂里去说话，再看我们那个。”

过一阵，一些人就拥了巡警到××小铁厂门外了。守门的拿了愿书进去，且让随来的巡警同祖贵张师爷三人到门房里去坐，祖贵却不愿意，仍然站到外面同大家候着。这厂里大坪原来就满是积水，像一个湖没有泄处。一会儿那个守门人出来了，手里仍然拿着那个愿书，说：“监督看过了，要你们回去。”

祖贵说：“不行，我们不能那么回去。劳驾再帮我们送上去，我们要会当事的谈话！”

张师爷说：“我们十三个代表要见你们监督！”

那个守门的有点为难了，就同随来的巡士说：“办不好！这是天的责任，你瞧我们坪里的水多深！”

巡士说："天的责任，我们院子里也是多深的水。"

妇人刘孃便说："谁说是天的罪过？你们这边不挖沟放水，水也不会全流过去。"

另一个女人自言自语地又说："今天再放水，我们什么都完了！"

那守门的心里想："你们什么都完了？你们原本有什么？"

祖贵逼到要守门的再把愿书送进去一次，请他们回话，巡士也帮同说话，守门的无可如何，就又沿了墙边干处走到里面去了。不多久，即见到那个守门人，跟着一个穿长衣的高人出来，这人中等办事员模样，走路气概堂堂的，手中就拿着刚送进去的愿书，脸上显出十分不高兴的神气，慢慢地低着头走出来。到了门前，就问"有什么事一定要来说话。"那种说话的派头，同说话时的神气，就使大家都有点怕。

这人见无一个人答话，转问守门人，那个愿书是不是他们要他拿进去的。祖贵咬咬嘴皮，按捺到自己的火性，走过去了一点，站近那个办事人身边，声音重重地说："先生，这是我们请他拿进去的。"

那穿长衣人估计了祖贵一眼，很鄙夷地说："你们要怎么样？"

祖贵说："你是经理是监督？"

"我是督察，有什么事同我说就行！"

"我们要请求这边莫再放水过去，话都在帖子上头！"

穿长衣的人，就重新看了一下手上那个愿书的内容，头也不愿意抬起，只说："一十三个代表啊，好！可是这不是我们的事情，公司不是自来水公司！天气那么糟，只能怪天气，只能怪天气！"

"我们请求这边不要再放水就行了！"

"水是一个活动东西，它自己会流，那是无办法的事情！"

张师爷就说：“这边昨天掘沟，故意把水灌过去。”

那人显出恼怒神气了：“什么故意灌你们。莫非这样一来，还会变成谋财害命的大事不成吗？”

那人一眼望到巡警了，又对着巡警冷笑着说：“这算什么事情？谋财害命，可不是一件小事情，你们区里会晓得的！杨巡官前天到这儿来，与我们监督喝茅台酒，就说……”

祖贵皱着眉头截断了那人的言语：“怎么啦！我们不是来此放赖的，先生。我们请你们这里派人去看看。这里有的是人，只要去看看，就明白我们的意思了。这位巡警是我请来的，杨巡官到不到这里不是我们的事情。我们要的是公道，不要别的！”

“什么是公道！厂里并没有对你们不公道！”

“我们说不能放水灌我们的房子，就只这一件事，很不公道。”

“谁打量灌你们的房子？”

“不是想不想，不是有意无意，你不要说那种看不起我们的刻薄话。我们都很穷，当然不是谋财害命。我们可不会诬赖人。你们自然不是谋财害命的人，可是不应该使我们在那点点小地方也站不住脚！”

代表中另一个就撅着嘴说：“我们缴了租钱，每月都缴，一个不能短少！”

“你租钱缴给谁？”

“缴给谁吗？……”那人因无话可说，嗫嚅着，眼看祖贵。

那长衣人说：“这租钱又不是我姓某的得到，你们同区里说好了！”

祖贵十分厌烦地说：“喂，够了，这话请您驾不要说了。我们不是来同您驾骂娘的，我们来请求你们不要再放水！你们若还愿意知道因为你们昨天掘沟放水出去，使我们那些猪狗窝儿所受的影响，你们不妨派个人去看看，你们不高兴做这件事，以为十分麻烦，那一切拉倒。”

那长衣人说：“这原不是我们的事，你们向区里说去，要区里救济好了。”

“我们并不要你们救济，我们只要公道！”

“什么叫作不公道？你们去区里说吧。”

祖贵说：“您驾这样子，派人看看也不愿意了，是不是？”

那人因为祖贵的气势凌人，眼睛里估了一个数目，冷冷地说：“代表，你那么凶干吗？”

“你说干吗，难道你要捉我不成？”

“你是故意来捣乱的！”

“怎么，捣乱，你说谁？”这强人十分生气，就想伸手去抓那个人的领子。那人知道自己不是当前一个的对手，便重复地说，“这是捣乱，这是捣乱，”一面赶忙退到水边去。大家皆用力拉着祖贵，只担心他同厂里人打起架来。

两人忽然吵起来了。因为祖贵声音很高，且就想走拢去揍这个办事人一顿，里面听到吵骂，有人匆匆地跑出来了。来的是一个胖子，背后还跟得好几个闲人，只问什么事什么事。先前那个人就快快地诉说着，张师爷也乱乱地分辩着，祖贵瞬了这新跑出的人一眼，看看身分似乎比先来的人强，以为一定讲道理多了，就走近胖子，指着一群人说：

“这是十三个代表，我们从小街派来的，有一点事到这里来。因为你们这边放水，我们房子全浸水了。我们来请你们这边派一个人陪同这位巡士去看看，再请求这边莫再放水过去，这一点点事情罢了。我们不是来这里吵嘴的！”

那人只瞥了祖贵一眼，就把高个儿手中的愿书，拿到眼边看了一下，向原先吵嘴的人问：“就是这一点儿事吗？”那人回答说：“就是这事情。”

胖子装模作样地骂着那人：“这点点事情，也值得让这些乌七八糟的人到公司大门前来大吵大闹，成个什么规矩！”

张师爷说：“我们不是来吵闹，我们来讲道理！”

那胖子极不屑地望到卑琐的上士身上那件脏军衣，正要说“什么道理”这样一句话，祖贵一把拉开了上士，“我们要说明白，这里是一位见证。”说时他指到区里随来的一位巡警，“他看见我们一切行为，他亲眼看到！”

那胖子向祖贵说：“我听到你们！这里不是你们胡闹的地方！你们到区里说去！你只管禀告区里。”这人说了就叫站在身旁另一个人，要他取一个片子，跟这些人到区里去见区长，一面回头来问那个巡警，“杨巡官下班了没有？”显然的，要这巡警知道站在面前同他说话的人，是同他们上司有交情，同时且带得有要那班代表听明白的意思。接着又告给先前那个高人，不要同他们再吵。

祖贵只是冷笑，等那胖子铺排完了，就说：“这是怎么？你们这样对付我们，这就是你们的道理！上区里打官事，决定了没有？”

那胖子不理不睬，自己走进去了。大家都不知道怎么说好，互相对望着。

张师爷想走过去说话，祖贵把这上士领口拉着，朝门外一送，向大家扫了一眼：“走，妈的！咱们回去！什么都不要说了！不要公道！”

大家见到祖贵已走，都怯怯地，无可奈何地，跟着他背后走了。

一出了大门，张师爷就大嚷，聊以自慰的神气说着各种气愤大话，要报仇，要烧房子，要这样那样，可是大家都知道这是他的脾气，绝对不会做出这种吓人的事情。到了小街时，女人中有人望到区里巡警，跟着在后面来的，就问祖贵，是不是要请巡警排家去看看。祖贵把代表打发走了，同张师爷带了巡警各处去看看，一句话不说，看了一阵，那巡警就回区里回话去了。

请愿的事明明白白已完全失败了。大家都耽搁了半天事情。妇人回转家里，看看屋中积水，似乎又长多了一点。走到屋后去看看，屋后昨天大家合挖的那条沟，把水虽然挡住了，可是若果今天厂里再放水，就完全无用了。四容那时已睡着了，本来今天预备买药，这时看看四容睡得很好，又打量不买药，留下钱来作别的用处。因为屋中水太多，做什么事都不方便，这妇人就想到用个什么东西，把水舀去一点，再撒点灰土，一定好点。各处找寻的结果，得了一块旧镔铁皮，便蹲到门前把水舀着。做了半天脚也蹲木了，还似乎不行。后来有人来到，站到门前告她，张师爷还想往区里去要求公道，祖贵要打他，两人现在正吵着。还说早上全是师爷出的主意，向那些人请什么愿，祖贵始终就不大赞同，只说大家齐心来挖一条大沟到城边去，水就不会再过来了。……

妇人因为四容的病好像很有了一点儿转机，夜间她就仍然打量到所得的那五毛钱，是不是必须要遵照医生所说的话，拿去买药。又想天气快冷了，四容病一好，同师傅上街做生意，身上也得穿厚一点。同时记起日里和祖贵他们到厂里吵架情形，总迷迷糊糊睡得不大好，做了一些怪梦，梦到许多贫人不合理的希奇事情，且似乎同谁吵了半天，赌了许多咒，总永远分解不清楚。

不知如何，妇人忽然惊醒了，就听到有人在屋后水荡边乱嚷乱叫。起先当作是水涨大了，什么人家小屋被水浸透弄坍了，心里忡忡的，以为无论在什么时候，自己头上这一块房顶，也一定会猛然坍下来，把自己同四容压在下面的。这时悄悄地伸手去捏四容的脚，四容恰恰也醒了，询问他妈，是谁在喊叫。只听到门前有人踹水跑过去，哗哗地响着。随后又是两个人踹水跑过去。于是听到远处声音很乱，且听远处夹杂有狗叫，有别的声音，正似乎出了什么大事一样。妇人心里想：难道涨大水了吗？又想，莫非是什么人家失了火吧？爬起来一看，屋角都为另一种光映照得亮堂堂的，可不正是失火！这时别一个人家也有人起身了，且有人在门前说话，妇人慌慌张张，披了衣服，顾不到屋中的水，赤了脚去开门，同那些正在说话的人搭话，问是什么地方。

那时天已经发白了，起来的人多了。许多人都向厂里那方面街上跑去。只听人说失了火失了火，各人都糊里糊涂，不知道究竟在什么地方，什么人家。只见天的一边发着红光，仿佛平常日头出来的气派，看来很近，其实还隔得很远，大家都估计着，无论如何也是在后街那一方面。天空大堆大堆的火焰向上卷去，那时正有一点儿风，风卷着火，摧拉着，毁灭着，夹杂着一切声音。妇人毫无目的也跟着别的人向起火那一方面走去，想明白究竟。路上只听到有向回头走的人，说是花园起了火。又说所有的犯人都逃走了。又说衙门的守备队，把后街每一条街口都守着了，不让一个人过去，过去就杀，已有四个人被杀掉了。

妇人一面走一面心里划算，这可糟了，七叔一家莫会完全烧死了！她心里十分着急，因为在花园那一方面，她还放得有些小债，这些债是预备四容讨媳妇用的，狱里起了火，人都烧死了，这些帐目自然也完全摧了。

再走过去一点，跑回来的人都说，不能过去了，那边路口已有人把守，谁也不能通过，争着过去说不定就开枪。因此许多怀了好奇心同怀了其他希望的闲人，都扫了兴，有些在先很高兴走出门的，这时记起自己门还未关好，妇人们记起家中出痘疹的儿子，上年纪的想起了自己的腰脊骨风痛，络绎走来，又陆续地回去了。虽然听到说不能通过的话，仍然想走到尽头看看的，还有不少的人。妇人同这些人就涌进去花园不远的花园前街弄口，挤过许多人前面去，才看到守备队把枪都上了刺刀，横撇着在手上，不许人冲过去。街上只见许多人搬着东西奔走，许多挑水的人匆匆忙忙地跑。但因为地方较近，街又转了弯，反而不明白火在什么地方了。

不知是谁，找得了道士做法事用的铜锣，胡乱地在街上敲着，一直向守备队方面冲过来，向小街奔去，一面走一面尽喊，“挑水去，挑水去，一百钱担，一百钱担！”听到这话，许多人知道发财的时候快到了，都忙着跑回去找水桶，大家拥挤着，践踏着，且同时追随着这打锣人身后跑着吼着，纷乱得不能想象。

妇人仍然站近墙下看望这些人。看了一会儿见有人挑水来，守备兵让他过去了。她心里挂着七叔家几个小孩子，不知火烧出街了有多远，前街房子是不是也着了火，就昏昏地也跟挑水的人跑，打量胡混过去。

兵士见及却不让她过去，到后大声地嚷着，且用手比着，因为看她是女人，终于得到许可挤过去了。进了后街，才知道火就正是在七叔住处附近燃着，救火人挑了水随便乱倒，泼得满街是水，有些人心里吓慌了，抱了一块木板或一张椅子乱窜。有些人火头还离他家很远，就拿了杠子乱擢屋檐。她慢慢地走拢去了一点，想逼近那边去，一个男子见到了，嘶声地喊着，拉着她往回头路上跑去，也不让她说话，不管她要做些什么事，糊糊涂涂被拉出街口，那为大火所惊吓而发痫的男子却走了。

她仍然是糊糊涂涂，挤出了那条小街。这时离开了火场已很远了，只见有许多妇人守着一点点从烟中火中抢出的行李，坐在街沿恣意地哭泣。又有许多人在搬移东西。一切都毫无秩序，一切都乱七八糟。天已渐渐大明了，且听到有人说火不是从花园起的，狱中现时还不曾着火，烧的全是花园前街的房子。另外又听到兵士也说狱中没有失火，火离狱中还远。她这时似乎才觉得自己是赤光两只脚，忽然想起在此无益，四容在家中会急坏了，就跑回小街屋里去。

四容因为他母亲跑出去了半天，只听到外面人嚷失火，想下地出外看看，地下又全是水，正在十分着急。妇人回来了，天也大亮了，母子两人皆念着七叔一窝小孩，不知是不是全烧死了，还是只留下老的一个。过一会，有人从门外过身，一路骂着笑着，声音很像祖贵，妇人就隔了门忙喊祖贵，跑出去就正看到那强徒，头上包了一块帕头，全身湿漉漉的又灰甫甫的，脸上也全是烟子，失去了原来的人形，耳边还有一线血，沿脸颊一直流下，显然的，一望而知，这个人是才从失火那边救火回来的了。

妇人说：“祖贵你伤了！”

那男子就笑着：“什么伤了病了，你们女人就是这样的，出不了一点儿事。”

“烧了多少呢？还在烧吗？”

“不要紧，不再会接了。”

“我想打听一下，管监里送饭的秃头七叔家里怎么了？”

“完了，从宋家烟馆起，一直到边街第四弄财神庙，全完事了。”

“哎哟，要命！”妇人低声地嚷着，也不再听结果，一返身回到自己屋里，就在水中套上那两只破鞋，嘱咐了四容不许下床，就出门向失火后街跑去，祖贵本来走过去快要进他自己屋子，见妇人出来，知道她一定是去找熟人了，就喊叫妇人，告给她，要找谁，可以到岳庙去，许多人逃出来都坐在岳庙两廊下。

到了岳庙门前，一个人从人群中挤出拉着她膀子，原来正是秃头七叔。秃头带她过去一点，看到几个孩子都躺在一堆棉絮上发痴，较小的一个已因为过分疲倦睡着了。

妇人安心了。“哎哟，天保佑，我以为你们烧成炭了。”

那秃头乱了半天，把一点铺陈行李同几个孩子从火里抢出来，自己一切东西都烧掉了，还发痫似的极力帮助别人抢救物件，照料到那些逃难的女人小孩。天明后，火势已塌下去了，他还不知道，尽来去嚷着，要看热闹的帮忙，尽管喊水，自己又拿了长长的叉子，打别人的屋瓦，且逼近火边去，走到很危险的墙下去，爬那些悬在半空燃着的椽皮。到后经人拉着他，询问他几个孩子是不是救出来了，他才像是憬然明白他所有全烧光了，方赶忙跑回岳庙去看孩子。这时见到妇人关心的神气，反而笑了。秃头说：

“真是天保佑，都还是活的。可是我屯的那点米，同那些……”

这时旁边一堆絮里一个妇人，忽然幽幽地哭起来了，原来手上抱着的孩子，刚出痘疹免浆，因骤然火起一吓，跑出来又为风一吹，孩子这时抱在手中断气了。许多原来哭了多久的，因惊吓而发了痴的，为这一哭都给楞着了。大家都呆呆望着这妇人，俨然忘了自己的一身所遭遇的不幸。

妇人认得她是花园前街铜匠的女人，因走过去看看，怯怯地摸了一下那搁在铜匠妇人手上的孩子：“周氏，一切是命，算了，你铜匠？”

另外一个人就替铜匠妇人说：“铜匠过江口好些日子了，后天才会回来。”

又是另外一个人却争着说：“铜匠昨天回来了，现在还忙忙地挑水，帮别人救别的房子。”

又一个说：“浇一百石水也是空的，全烧掉了！”这人一面说，一面想起自己失掉了的六岁女儿，呱的就哭了，站起来就跑出去了。另外的人都望到这妇人后身，可怜地笑着，且互望了一眼，摇着头，（重新记起自己的遭遇，）叹息着，诅咒着，埋怨着。

旋即有一个男子，从岳庙门前匆匆跑过去，有一女人见到了，认得是那个铜匠，就锐声喊着“铜匠师傅”，那男人就进来了。那年轻男子头上似乎受了点伤，用布扎着，布也浸湿了。铜匠妇人见了丈夫，把死去了的小孩交给他，像小孩子一样纵横地流泪，铜匠见了，生气似的皱着眉头，“死了就算事，你哭什么？”妇人像是深怕铜匠会把小孩掷去，忙又把尸身抢过来，坐到一破絮上，低下头兀自流泪。

那时有人看到这样子，送了一些纸钱过来，为在妇人面前燃着。

铜匠把地下当路的一个破碗捡拾了一下，又想走去，旁边就有一个妇人说："铜匠，你哄哄周氏，要她莫哭。你得讨一副匣子，把小东西装好才是事！"

四容的妈忙告奋勇说："我帮你去讨匣子，我就去吧。"说着又走到秃头七叔几个小孩子身旁，在那肮脏小脸上，很亲切地各拍了一下，就匆匆地走了。

到善堂时无一个人，管事的还不曾来，守门的又看热闹去了，只得坐在门前那张长凳上等候，等了多久，守门的回来了，才说一定得管事的打条子，过东兴厚厂子里去领，因为这边已经没有顶小的了。说是就拿一口稍微大一点的也行，但看门的作不了主，仍然一定得等管事先生来。

一会儿，另外又来了两个男子，也似乎才从火场跑来领棺材的，妇人认识其中一个，就问那人"是谁家的孩子"。那人说："不是一个小孩子，是一个大人大孩子，——小街上的张师爷！"

妇人听着吓了一跳："怎么，是张师爷吗？我前天晚上还看到他同祖贵喝酒，昨天还同祖贵在厂里说话，回来几乎骂了半夜，怎么会死了？"

"你昨天看到，我今天还看到！他救人，救小孩子，救鸡救猫，自己什么都没有，见火起了，手忙脚乱帮着别人助热闹；跑来跑去同疯狗一样，告他不要白跑了，一面骂人一面还指挥！告他不要太勇敢了，就

骂人无用。可是不久一砖头就打闷了，抬回去一会儿，喔，完事了。”

那守门的说：“那是因为烟馆失火，他不忘恩义，重友谊！”

妇人正要说“天不应当把他弄死”，看到祖贵也匆匆地跑来了，这人一来就问管事的来了没有，守门的告他还没来。他望到妇人，问妇人见不见着秃头，妇人问他来做什么，才晓得他也来为张师爷要棺木的。

妇人说：“怎么张师爷这样一个好人，会死得这样快？”

那强硬的人说：“怎么这样一个人不死得这样快？”

妇人说：“天不应当——”

那强硬的人扁了一下嘴唇：“天不应当的多着咧。”因为提到这些，心里有点暴躁，随又向守门人说，“大爷，你去请管事的快来才好！还有你们这里那个瘦个小子，不是住在这里吗？”

那守门的不即作答，先来的两个人中一个就说：“祖贵，你回去看看吧，区长派人来验看，你会说话点，要回话！我们就在这儿等候吧。”

“区长派人来看，管他妈的。若是区长自己来看，张师爷他会爬起来，笑眯眯地告他的伤处，因为他们要好，死了也会重生！若是派人来，让他看去，他们不会疑心我们谋财害命！”

这人虽然那么说着，可是仍然先走了。妇人心想，“这人十砖头也打不死，”想着不由得不苦笑。

又等了许久，善堂管事的赶来了，一面进来，一面拍着肚子同一个生意人说到这一场大火的事情，在那一边他就听到打死一个姓张的事情了，所以一见有人在此等候，说是为那死人领棺木，就要守门的去后殿看，一面开他那办事房的门，一面问来领棺木的人，死人叫什么名字，多大年岁，住什么地方。其中一个就说：“名字叫张师爷。”

想不到那管事的就姓章，所以很不平地问着：“怎么，谁是什么张师爷李师爷？”

那人就说：“大家都叫他作张师爷。”

管事的于是当真生气了，“这里的棺材就没有为什么师爷预备的，一片手掌大的板子也没有！你同保甲去说吧。我们这里不办师爷的差，这是为贫穷人做善事的机关！”

这管事因为生气了，到后还说：“你要他自己来吧，我要见这师爷一次！”

那陪同善堂管事来的商人，明白是死者师爷两个字，触犯了活的师爷的忌讳了，就从旁打圆儿说：“不是那么说，他们一定弄不明白。大家因为常常要这个人写点信，做点笔墨事情，所以都师爷师爷的叫他。您就写一个张三领棺材一口得了，不然写李四也行，这人活时是一个又随便又洒脱的人，死了也应是一个和气的鬼，不会在死后不承认用一个张三名义领一副匣子的！”

管事经此一说，就什么话也不能说了，只好翻开簿子，打开墨盒，从他那一排三支的笔架上，抓了他那小绿颖花杆尖笔记帐。到后就轮到四容的妈来了，一问到这妇人，死的是一岁的孩子，那管事就偏过头去，很为难似的把头左右摆着，说这边剩下几副棺材，全不是为这种小孩预备的。又自言自语地说，小孩子顶好还是到什么地方去找一提篮，提出去，又轻松，又方便。妇人听毕这管事代出主意，又求了一阵，仍然说一时没有小材，心中苦辣辣的，不敢再说什么，只好走回岳庙去报告这件事情。

到了岳庙，铜匠妇人已不哭了，两夫妇已把小孩尸身收拾停妥了，只等候那棺木，听妇人说善堂不肯做这好事，铜匠就说：“不要了，等会儿抱去埋了就完了。”可是他那女人听到这话，正吃到米粉，就又哭了。

妇人见秃头已无住处了，本想要几个孩子到她家去，又恐怕四容的病害了人家的孩子，不好启齿，就只问秃头七叔，预备这庙里还是过别处去，秃头七叔就说等一会要到花园去看，那边看守所有间房子，所长许他搬，他就搬过去，不许搬，就住到这廊下，大家人多也很热闹。妇人因为一面还挂念家中四容，就回去了。到了家里，想起死了的张师爷，活时人很好，就走过去看看。他那尸身区里人已来验看过了，熟人已把他抬进棺木去了。所谓棺木，就是四块毛板拼了两头的一个长匣子，因为这匣子短了一点，只好把这英雄的腿膝略略屈着，旁边站了一些人，都悄悄静静地不说话。那时祖贵正在那里用钉锤敲打四角，从那个空罅（xià），还看到这个上士的一角破旧军服。这棺木是露天摆在那水荡边的，前面不知谁焚了一小堆纸钱，还有火在那里燃着。棺木头上摆了一个缺碗，里面照规矩装上一个煎鸡子，一点水饭。当祖贵把棺木四隅钉好，抬起头来时，望到大家却可怜地笑着。他站在当中，把另外几个人拉在一块，编成一排，面对那搁在卑湿地上的白木匣子。

“来，这个体面人物完事了，大家同他打一个招呼。我的师爷，好好地躺下去，让肥蛆来收拾你，不要出来吓我们的小孩子，也不要再来同我们说你那做上士时上司看得起你的故事了，也不要再来同我争抢会钞了，也不必再来帮我们出主意了，也不必尽想帮助别人，自己却常常挨饿了，如今你是同许多人一样，不必说话，不必吃饭，也不必为朋友熟人当差，总而言之叫作完事了！”

这样说着，这硬汉也仍然不免为悲哀把喉咙扼住了，就不再说什么，只擤擤鼻子，挺挺腰肢，走到水边去了。大家当此情形都觉得有点悲惨，但大家却互相望着，不知道说一句趣话，也不知道说一句正经话，慢慢地就都散去了。

妇人看看水荡的水已消去很多了，大致先前救火的人，已从这地方挑了很多的水去了。她记起自己住处的情形，就赶回去，仍然蹲到屋中，用那块镔铁皮舀地下的水，舀了半天把水居然舀尽了，又到空灶里撮了些草灰，将灰撒到湿的地上去。

下午妇人又跑往岳庙，看看有些人已把东西搬走了，有些人却将就廊下摊开了铺陈，用席子隔摊到自己所占据的一点地方，大有预备长久住下的样子。还有些人已在平地支了锅灶，煮饭炒菜，一家人同蹲地下等待吃饭。那铜匠一家已不知移到什么地方去了。秃头七叔正在运东西过花园新找的那住处去，妇人就为他提了些家伙，伴着三个孩子一同过花园去，把秃头住处铺排了一下，又为那些犯人买了些东西，缝补了些东西，且同那些人说了一会这场大火发生的种种。大家都听到牢狱后面绞场上有猪叫，知道本街赶明儿谢火神一定又要杀猪，凡是到救火的都有一份猪肉，就有人托妇人回去时，向那些分得了股份却舍不得吃肉的人家，把钱收买那些肉，明早送过花园这边来。

妇人回去时，天又快夜了。远远地就听到打锣，以为一定是失火那边他们记起了这个好人，为了救助别人的失火而死，有人帮张师爷叫了道士起水开路了，一面走着一面还心里匿笑，以为这个人死得还排场，死后尚能那么热闹一夜。且悬想到若果不是那边有人想起这件事，就一定是祖贵闹来的。可是再过去一点，才晓得一切全估计错了。原来打锣的还隔得远啦。妇人站到屋后望着，水荡边的白木匣子，在黑暗里还剩有一个轮廓，水面微微地放着光，冷清极了，那里一个人也没有！

她站了一会儿，想起死人的样子，想起白天祖贵说的话，打了一个冷噤，悄悄地溜进自己屋子里去了。

渔

七月的夜。华山寨山半腰天王庙中已打了起更鼓，沿乌鸡河水边的捕鱼的人，携箩背刀，各人持火把，满河布了罾（zēng）罶（liǔ）。

各处听到说话声音，大人小孩全有。中间还有妇人锐声喊叫，如夜静闻山冈母狗叫更。热闹中见着沉静，大家还听到各人手上火把的爆裂。仿佛人人皆想从热闹中把时间缩短，一切皆齐备妥帖，只等候放药了。

大家皆在心中作一种估计，对时间加以催促，盼望那子时到来。到子时，在上游五里，放药的，放了通知炮，打着锣，把小船在滩口一翻，各人泅水上岸。所有小船上石辣蓼油枯合成的毒鱼药，沉到水中，与水融化，顺流而下，所有河中鱼虾，到了劫数，不到一会，也就头昏眼花浮于水面，顺流而下入到人们手中了。

去子时还早，负了责任，在上游沉船，是弟兄两个。这弟兄是华山寨有名族人子弟之一脉。在那里，有两族极强，属于甘家为大族，属于吴家为小族。小族因为族较小为生存竞争，子弟皆强梁如虎如豹。大族则族中出好女人，多富翁，族中读书识字者比持刀弄棒者为多。像世界任何种族一样，两族中在极远一个时期中在极小事情上结下了冤仇，直到最近为止，机会一来即有争斗发生。

过去一时代，这仇视，传说竟到了这样子。两方约集了相等人数，在田坪中极天真地互相流血为乐，男子向前作战，女人则站到山上呐喊助威。交锋了，棍棒齐下，金鼓齐鸣，软弱者毙于重击下，胜利者用红血所染的巾缠于头上，矛尖穿着人头，唱歌回家，用人肝作下酒物，此尤属诸平常事情。最天真的还是各人把活捉俘虏拿回，如杀猪把人杀死，洗刮干净，切成方块，用香料盐酱搀入，放大锅中把文武火煨好，抬到场上，一人打小锣，大喊吃肉吃肉，百钱一块。凡有呆气汉子，不知事故，想一尝人肉，走来试吃一块，则得钱一百。然而更妙的，却是在场的另一端，也正在如此喊叫，或竟加钱至两百文。在吃肉者大约也还有得钱以外在火候咸淡上加以批评的人。事情到近日说来自然是故事了。

近日因为地方进步，一切野蛮习气已荡然无存，虽仍不免有一二人藉械斗为由，聚众抢掠牛羊，然虚诈有余而勇敢不足，完全与过去习俗两样了。

甘姓住河左，吴姓住河右，近来如河中毒鱼一类事情，皆两族合作，族中当事人先将欢喜寻事的分子加以约束，不许生事，所以人各身边佩刀，刀的用处却只是擦取水中大鱼，不想到作其他用途了。那弟兄姓吴，为孪生，模样如一人，身边各佩有宝刀一口，这宝刀，本来是家传神物，当父亲落气时，在给这弟兄此刀时，同时嘱咐了话一句，说：“这应当流那曾经流过你祖父血的甘姓第七派属于朝字辈仇人的血。”说了这话父亲即死去，然而到后这弟兄各处一访问，这朝字辈甘姓族人已无一存在，只闻有一女儿也早已在一次大水时为水冲去，这仇无从去报，刀也终于用来每年砍鱼或打猎时砍野猪这类事上去了。

时间一久，这事在这一对孪生弟兄心上自然也渐渐忘记了。

今夜间，他们把船撑到了应当沉船的地方，天还刚断黑不久。地方是荒滩，相传在这地方过去两百年以前，甘吴两姓族人曾在此河岸各聚了五百余彪壮汉子大战过一次，这一战的结果是两方同归于尽，无一男子生还。因为流血过多，所以这地两岸石块皆作褐色仿佛为人血所渍而成。这事情也好像不尽属诸传说，因为岸上还有司官所刊石牌存在。这地方因为有这样故事，所以没有人家住，但又因为来去小船所必经，在数十年前就有了一个庙，有了庙则撑夜船过此地的人不至于心虚了。庙在岸旁山顶，住了一个老和尚，因为山也荒凉，到庙中去烧香的人似乎也很少了。

这弟兄俩把船撑到了滩脚，看看天空，时间还早，所燃的定时香也还有五盘不曾燃尽。其中之一先出娘胎一个时刻的那哥哥说：

“时间太早，天上××星还不出。”

“那我们喝酒。”

船上本来带得有一大葫芦酒，一腿野羊肉，一包干豆子，那弟弟就预备取酒，这些东西同那两个大炮仗，全放在一个箩筐里，上面盖着那面铜锣。

哥哥说：

“莫忙，时间还早得很，我们去玩吧。”

“好。我们去玩，把船绳用石头压好。”

要去玩，上滩有一里，才有人家住。下滩则也有一里，就有许多人在沿河两岸等候浮在水面中了毒的鱼的下来。向下行是无意思的事，而且才把船从那地方撑来，然而向上行呢，把荒滩走完，还得翻一小岭，或者沿河行，绕一个大湾，才能到那平时也曾有酒同点心之类可买的人家在。

哥哥赞成上岸玩，到山上去，看庙，因为他知道这时纵向上走，到了那卖东西地方处，这卖东西的人也许早到两三里的下游等候捕鱼去了。那弟弟不行，因为那上面有水碾坊，碾坊中有熟人可以谈话。他一面还恐怕熟人不知道今天下游毒鱼事，他想顺便邀熟人来，在船上谈天，沉了船，再一同把小船抬起，坐到下游去赶热闹。他的刀在前数日已拂拭得锋利无比，应当把那河中顶大的鱼砍到才是这年轻人与刀的本分。不拘如何两人是已跳到河边干滩上了。

哥哥说：

“到庙中去看看那和尚，我还是三年前到过那地方。”

“我想到碾房，”弟弟说，他同时望到天上的星月，不由得不高声长啸：“好天气！”

天气的确太好，哥哥也为这风光所征服了，在石滩上如一匹小马，来去作小跑。

这时长空无云，天作深蓝，星月嵌天空如宝石，水边流萤来去如仙人引路的灯，荒滩上蟋蟀三两嘒嘒作声，清越沉郁，使人想象到这英雄独在大石块罅隙间徘徊阔步，为爱情所苦闷大声呼喊的情形，为之肃然起敬。

弟弟因为蟋蟀声音想起忘了携带笛子。

“哥哥若是有笛，我们可以唱歌。”

那哥哥不做声，仍然跑着，忽然凝神静听，听出山上木鱼声音了。

“上山去，看那和尚去，这个时候还念经！”

弟弟没有答应，他在想到月下的鬼怪，但照例，作弟弟的无事不追随阿兄，哥哥已向山上走去，弟弟也跟到后面来了。

人走着。月亮的光照到滩上，大石的一面为月光所不及，如躲有鬼魔。水虫在月光下各处飞动，振翅发微声，从头上飞过时，俨然如虫背上皆骑有小仙女。鼻中常常嗅着无端而来的一种香气，远处滩水声音则正像母亲闭目唱安慰儿子睡眠的歌。大地是正在睡眠，人在此时也全如梦中。

“哥哥，你小心蛇。”这弟弟说着，自己把腰间一把刀拉出鞘了。

“汉子怕蛇吗？”哥哥这样说着，仍然堂堂朝前走。

上了高岸，人已与船离远有三十丈了。望到在月光中的船，一船黑色毒鱼物料像一只水牛。船在粼粼波光中轻轻摇摆，如极懂事，若无系绳，似乎自动也会在水中游戏。又望到对河远处平冈，浴在月色中，一抹淡灰。下游远处水面则浮有一层白雾，如淡牛奶，雾中还闪着火光，一点二点。

他们在岸上不动，哥哥想起了旧事。

“这里死了我们族中五百汉子。他们也死了五百。”

说到这话，哥哥把刀也哗地拔出鞘了。顺手砍路旁的小树，嗏嗏作响，树枝砍断了不少，那弟弟也照到这样作去。哥哥一面挥刀一面说道：

“爹爹过去时说的那话你记不记到？我们的刀是为仇人的血而锋利

的。只要我有一天遇到这仇人，我想这把刀就会喝这人的血。不过我听人说，朝字辈烟火实在已绝了，我们的仇是报不成了。这刀真委屈了，如今是这样用处，只有砍水中的鱼，山上的猪。”

“哥哥，我们上去，就走。”

“好，就上去吧，我当先。”

这两弟兄就从一条很小很不整齐的毛路趋向山顶去。

他们慢慢地从一些石头上踹过，又从一些毛草中走过，越走与山庙越近，与河水越离远了。两弟兄到半山腰停顿了一会，回头望山下，山下一切皆如梦中景致。向山上走去时，有时忽听到木鱼声音较近，有时反觉渐远的。到了山腰一停顿，略略把喘息一定，就清清楚楚听到木鱼声音以外还有念经声音了。稍停一会这两弟兄就又往上走去，哥哥把刀向左右劈，如在一种危险地方，一面走一面又同弟弟说话。

“……”

他们到了山庙门前了，静悄悄的庙门前，山神土地小石屋中还有一盏点光如豆的灯火。月光洒了一地，一方石板宽坪还有石桌石椅可供人坐。和尚似乎毫无知觉，木鱼声朗朗起自庙里，那弟弟不愿意拍门。

“哥，不要吵闹了别人。”

这样说着，自己就坐到那石凳上去了。而且把刀也放在石桌上了，他同时顺眼望到一些草花，似经人不久采来散乱地丢到那里。弟弟诧异了，因为他以为这绝对不是庙中和尚做的事。这年轻人好事多心，把花拈起给他哥哥看。

“哥哥，这里有人来！”

“那并不奇怪，砍柴的年轻人是会爬到这里来烧香求神，想从神佑得到女人的心的。”

“我可是那样想，我想这是女人遗下的东西。”

“就是这样，这花也很平常。”

“但倘若这是甘姓族中顶美貌的女人？”

“这近于笑话。”

“既然可以猜详它为女人所遗，也就可以说它为美女子所遗了，我将拿回去。”

“只有小孩才做这种事，你年轻，要拿去就拿去好了，但可不要为这苦恼，一个聪明人是常常自己使自己不愉快的。”

“莫非和尚藏……”

说这样话的弟弟，自己忽然忍住了，因为木鱼声转急，像念经到末一章了。那哥哥，在坪中大月光下舞刀，作刺劈种种优美姿式，他的心，只在刀风中来去，进退矫健不凡，这汉子可说是吴姓族最纯洁的男子了。至于弟弟呢，他把那已经半憔悴了掷到石桌上的山桂野菊拾起，藏到麂皮抱肚中，这人有诗人气分，身体不及阿哥强，故于事情多遐想而少成就，他这时只全不负责地想象这是一个女子所遗的花朵。照乌鸡河华山寨风俗，则女人遗花被陌生男子拾起，这男子即可进一步与女人要好唱歌，把女人的心得到。这年轻汉子，还不明白女人究竟是怎么一回事，只因为凡是女人声音颜色形体皆趋于柔软，一种好奇的欲望使他对女人有一种狂热，如今是又用这花为依据，将女人的偶像安置在心上了。

这孩子平时就爱吹笛唱歌，这时来到这山顶上，明月清风使自己情绪缥缈，先是不让哥哥拍打山门，恐惊吵了和尚的功课，到这时，却情不自已，轻轻地把山歌唱起来了。

他用华山寨语言韵脚，唱着这样意思：

你脸白心好的女人，
在梦中也莫忘记带一把花，
因为这世界，也有做梦的男子。
无端梦在一处时你可以把花给他。

唱了一段，风微微吹到脸上，脸如为小手所摩，就又唱道：

柔软的风摩我的脸，
我像是站在天堂的门边——这时，
我等候你来开门，
不拘那一天我不嫌迟。

出于两人意料以外的，是这时山门旁的小角门，忽然訇的开了，和尚打着知会，说：

“对不起，惊动了。”

那哥哥见和尚出来了，也说：

“对不起师傅，半夜三更惊吵了师傅。”

和尚连说“哪里哪里”走到那弟弟身边来。这和尚身穿一身短僧服，大头阔肩，人虽老迈，精神勃勃，还正如小说上所描画的有道高僧。见这两兄弟都有刀，就问：

“是第九族子弟么？”

那哥哥恭恭敬敬说：

“不错，属于宗字辈。”

“那是××先生的公子了。

“很惭愧的，无用的弟兄辱没了第九族吴姓。”

“××先生是过去很久了。”

“是的。师傅是同先父熟了。”

“是的。我们还……”

这和尚，想起了什么再不说话，他一面细细地端详月光下那弟兄的脸，一面沉默在一件记忆里。

那哥哥，就说：

“四年前曾到过这庙中一次，没有同师傅谈话。”

和尚点头。和尚本来是想另一件事情，听到这汉子说，便随心地点着头，遮掩了自己的心事。他望到那刀了，就赞不绝口，说真是宝刀。那弟弟把刀给他看，他拿刀在手，略一挥动，却便飕飕风生，寒光四溢。弟弟天真地抚着掌：

“师傅大高明，大高明。”

和尚听说到此，把刀仍然放到石桌上，自己也在一个石凳上坐下了。和尚笑，他说：

“两个年轻人各带这样一把好刀，今天为什么事来到这里？”

哥哥说：

“因为村中毒鱼派我们坐船来倒药。”

“众生在劫，阿弥陀佛。”

“我们在滩下听到木鱼声音，才想起上山来看看。到了这里，又恐怕妨碍了师傅晚课，所以就在门前玩。”

“我听到你们唱歌，先很奇怪，因为夜间这里是不会有人来的。这歌是谁唱的，太好了，你们谁是哥哥呢？我只听人说到过××先生得过一对双生。”

“师傅看不出么？”

那哥哥说着且笑，具有风趣的长年和尚就指他：

“你是大哥，一定了。那唱歌的是这一位了。”

弟弟被指定了，就带羞地说：

“很可笑的事，是为师傅听到。”

“不要紧，师傅耳朵听过很多了，还不止听，在年轻时也就做着这样事，过了一些日子。你说天堂的门，可惜这里只一个庙门，庙里除了菩萨就只老僧。但是既然来了，也就请进吧。看看这庙，喝一杯茶，天气还早得很。”

这弟兄无法推辞，就伴同和尚从小角门走进庙里，一进去是一个小小天井，有南瓜藤牵满的棚架，又有指甲草花，有鱼缸同高脚香炉，月光洒满院中，景致极美。他们就在院中略站，那弟弟是初来，且正唱完歌，情调与这地方同样有诗意，就说：

“真是好地方，想不到这样好！”

“哪里的事。地方小，不太肮脏就是了。我一个人在这里，无事栽一点花草，这南瓜，今年倒不错，你瞧，没有撑架子，恐怕全要倒了。”

和尚为指点南瓜看，到后几人就进了佛堂，师傅的住处在佛堂左边，他们便到了禅房，很洒脱地坐到工夫粗糙的大木椅上，喝着和尚特制款客的蜜茶。

谈了一会。把乌鸡河作中心，凡是两族过去许多故事皆谈到了，有些为这两个年轻人不知道，有些虽知道也没有这样清楚，谈得两个年轻人非常满意。并且，从和尚方面，又隐隐约约知道所谓朝字辈甘姓族人还有存在的事情。这弟兄把这事都各默默记到心上，不多言语。他们到后又谈到乌鸡河沿岸的女人……

和尚所知道太多，正像知道太多，所以成为和尚了。

当这两个弟兄起身与和尚告辞时，还定下了后一回约。两个年轻人一前一后地下了山，不到一会就到了近河的高岸了。

月色如银，一切都显得美丽和平。风景因夜静而转凄清，这时天上正降着薄露。那弟弟轻轻吹着口哨，在哥哥身后追随。他们下了高岸降到干滩上，故意从此一大石上跃过彼一大石，不久仍然就到了船边。

弟弟到船上取酒取肉，手摸着已凝着湿露的铜锣，才想到不知定时香是否还在燃。过去一看，在还余着三转的一个记号上已熄灭了，那弟弟就同岸上的哥哥说：

“香熄了，还剩三盘，不知在什么时候熄去？”

“那末看星，姊妹星从北方现出，是三更子正，你看吧，还早！”

“远天好象有风。”

“不要紧，风从南方过去云在东，也无妨。”

“你瞧，星子全在睒（sǎn）眼！”

“是咧，不要紧。”

阿哥说着也走近船边了，用手扶着船头一枝篙，摇荡着，且说：

“在船上喝吧，好坐。”

那弟弟不承认这事情，到底这人心上天真较多，他要把酒拿到河滩大石上去喝，因为那么较之在船中为有趣。这自然仍然是他胜利了，他们一面在石上喝酒，一面拔刀割麂肉吃，哥哥把酒葫芦倒举，嘴与葫芦嘴相接咕嘟咕嘟向肚中灌。

天气忽然变了。一葫芦酒两人还未喝完，先见东方小小的云，这时已渐扯渐阔，星子闪动的更多了。

“天气坏下来了，怎么办？”

“我们应当在此等候，我想半夜决不会落雨。”

“恐怕无星子，看不出时间。”

“那有鸡叫。听鸡叫三更，就倒药下水。”

“我怕有雨。”

“有雨也总要到天明时，这时也应当快转三更了。”

“……”

“怎么？”

“我想若是落了雨，不如坐船下去，告他们，省得涨了水可惜这一船药。”

“你瞧，这哪里会落雨？你瞧月亮，那么明朗。”

那哥哥，抬头对月出神，过了一会，忽然说：

“山上那和尚倒不错，他说他知道我们的仇人，同父亲也认识。”

“我们为什么忘了问他俗姓。”

“那他随便说说也得。”

“他还说唱歌，那和尚年轻时可不知做了些什么坏事，直到了这样一把年纪，出了家，还讲究这些事情！”

…………

把和尚作中心，谈到后来，那一葫芦酒完了，那一腿野羊肉也完了。到了只剩下一堆豆子时，远处什么地方听到鸡叫了。

鸡叫只一声，则还不可信，应当来回叫，互相传递才为子时。这鸡声，先是一处，到后各处远地方都有了回唱，那哥哥向天上北方星群中搜索那姊妹星，还不曾见到那星子。弟弟说：

“幸而好，今夜天气仍然是好的。鸡叫了，我们放炮倒药吧。”

“不行，还早得很，星子还不出来！”

“把船撑到河中去不好么？”

“星子还不出，到时星子会出的。”

那做弟弟的，虽然听到哥哥说这样话，但酒肉已经告罄，也没有必需呆坐在这石上的理由了，就跳下石头向船边奔去。他看了一会汤汤流

去的水，又抬起头来看天上的星。

这时风已全息了。山上的木鱼声亦已寂然无闻。虽远处的鸡与近身荒滩上的虫，声音皆无一时停止，但因此并不显出这世界是醒着。一切光景只能说如梦如幻尚仿佛可得其一二，其他刻画皆近于词费了。

过一会，两人脱了衣，把一切东西放到滩上干处，赤身地慢慢把船摇到河中去。船应撑到滩口水急处，那弟弟就先下水，推着船尾前进，在长潭中游泳着，用脚拍水，身后的浪花照到月光下皆如银子。

不久候在下游的人就听到炮声了，本来是火把已经熄了的，于是全重新点燃了，沿河数里皆火把照耀，人人低声呐喊，有如赴敌，时间是正三更，姊妹星刚刚发现。过了一小时左右，吴家弟兄已在乌鸡河下游深可及膝的水中，挥刀斫取鱼类了。那哥哥，勇敢如昔年战士，在月光下挥刀撩砍水面为药所醉的水蛇，似乎也报了大仇。那弟弟则一心想到旁的事情，篓中无一成绩。

关于报仇，关于女人恋爱，都不是今夜的事，今夜是“渔”。当夜是真有许多幸运的人，到天明以前，就得到许多鱼回家，使家中人欢喜到吃惊的事。那吴家年轻一点的汉子，他只得一束憔悴的花。

下过药的乌鸡河，直到第二天，还有小孩子在浅滩上捡拾鱼虾。这事情每年有一次，像过节划龙船。

灯

因为有个穿青衣服的女人，到×住处来，见×桌上的一个灯，非常旧且非常清洁，想知道这灯被主人敬视的理由，所以他就告给这青衣女人关于这个灯的一件故事。

两年前我住到这里，在××教了一点书，仍然是这样两间小房子，前面办事后面睡觉一个人住下来。那时正是五月间，不知为什么事情，住处的灯总非常容易失职。一到了晚间，或者刚刚把饭碗筷子摆上了桌子，认清楚了菜蔬，正想由那形色方面，对于我厨子加以一点不失诚实的称赞，灯忽然一熄，晚饭就吃不成了。有时是饭后正预备开始做一点事或看看书的时节，有时是有客人拿了什么问题同我来讨论的时节，就像有意捣乱那种神气，灯会忽然熄灭了的。有几回，正当我同一个朋友，把一段不下注解的章草，从那形体上加以估计的当儿，或者是把一个印章考察它的真伪中间，灯骤然熄灭，朋友同我皆非常扫兴。从来不曾开口骂过人的书画家××，也不能节制这点愤怒，把电灯公司对于市民的不尽职，加以不容恕的指摘了。

这事情发生了几几乎有半个月，似乎有人责问过电灯公司，公司方面的答复，放在当地报纸上登载出来，情形仿佛是完全推诿到由于“天气”。既不是公司的那一方面的过失，所以小换钱铺子的洋烛，每包便忽然比上月贵了五个铜子了。洋烛涨价这件事，是从为我照料饮食的厨子方面知道的。这当家人对于上海人故意居奇的行为，每到晚上为我把饭菜拿来，唯恐电灯熄灭，在预先就点上一枝洋烛的情形下，总要同我说过一次的。

这人是一个非常忠诚的中年人。这人年纪很轻的时节，就随同我的父亲到过中国的西北东北，出过蒙古，上过四川。他一个人又走过云南广西。在家乡，且看守过我祖父的坟墓，很有了些年月。上年随了北伐军队过山东，在济南府眼见××军队对于济南省平民所施的暴行，那时他在七十一团一个连上做司务长，一个晚上被机关枪的威胁，糊糊涂涂走出了团部，把一切东西全损失了。人既空手逃回南京，听到一个熟人说我在这里住，所以就写了信来，说是愿意来侍候我。我告给他来玩玩是很好的，要找事做恐怕不行，我生活也非常简单，来玩玩，住一会，想要回去了，我或者能设点法，只是莫希望太大。到后人当真就来了。初次见到，一身灰色中山布军服，衣服又小又旧，好像还是三年前国民革命军初过湖南时节缝就的。一个巍然峨然的身体，就拘束到这军服中间。另外随身的只一个小小包袱，一个热水瓶，一把牙刷，一双黄杨木筷子，热水瓶像千里镜那么佩到身边，牙刷是放在衣袋里，筷子是仿照军营中老规矩插在包袱外面，所以我能够一望就知道的。这真是我日夜做梦的伙计！这个人，一切都使我满意，一切外表以及隐藏在这样外表下的一颗单纯优良的心，我不必和他说话也就全部清楚了！

既来到了我这里，我们要谈的话可多了。从我祖父谈起，一直到我父亲同他说过的还未出世的孙子为止，他都想在一个时节里同我说及。他对于我家里的事情永远不至于说厌，对于他自己的经历又永远不会说完。实在太动人了，请想想，一个差不多用脚走过半个中国的五十岁的人物，看过庚子的变乱，看过辛亥的改革，参加过多少战争，跋涉过多少山水，吃过多少异样的饭，睡过多少异样的床，简直是一部永远翻看不完的名著！我的嗜好即刻就很深很深地染上了。只要一有空闲我即刻就问他这样那样，只要问到，我所得的经验都是些动人的事实。

因为平常时节我的饮食是委托了房东娘姨包办的，所以十六块钱一个月，每天两顿，一些菜蔬总是任凭这江北妇人意思安排。这主人看透了我的性格，知道我对于饮食不大苛刻，今天一碟大蚕豆，明天一碟小青蚶，到后天又是一碟蚕豆。总而言之蚕豆同青蚶是少不了的好菜。另外则吃肉时无论如何总不至于忘记加一点儿糖，吃鱼多不用油煎，只放到饭上去蒸，就拿来加点酱油摆上桌子。本来像做客的他，吃过了两天空饭，到第三天实在看不惯，问我要了点钱。从我手上拿了十块钱去的他，先是不告我这钱的用处，到下午，把一切吃饭用的东西通通买来了。这事在先我还一点不知道，一直到应当吃晚饭时节，这老兵，仍然是老兵打扮，恭恭敬敬地把所有由自己两手做成的饭菜，放到我那做事桌上来，笑眯眯地说这是自己试做的，而且声明以后也将这样做下去。从那人的风味上，从那菜饭的风味上，都使我对于过去的军营生活生出一种眷念，就一面吃饭一面同他谈军中事情。把饭吃过后，这司务长收拾了碗筷，回到灶房去，过一阵，我正坐在桌边凭藉一支烛光看改从学校方面携回的卷子，忽然门一开，这老兵闪进来了，像本来原知道这不是军营，但忽然因为电灯熄灭，房中代替的是烛光，坐在桌边的我还不缺少一个连长的风度，这人恢复了童心，对我取了军中上士的规矩，喊了一声“报告”，站在门边不动。“什么事情？”听到我问他了，才走近我身边来，呈上一个单子，写了一篇账。原来这人是同我来算伙食账的！我当时几几乎要生气了，望到这人的脸，想起司务长的职务，却只有笑了。“怎么这样同我麻烦?”“我要弄明白好一点。我要你知道，自己做，我们两个人每月都用不到十六块钱。别人每天把你蚌壳吃，每天是过夜的饭，你还送十六块!”“这样你不是太累了吗?”“累！煮饭做菜难道是下河抬石头？你真是少爷！”望望这好人的脸，我无话可说了。我不答应是不行的。所以到后做饭做菜就派归这个老兵了。

这老兵，到都会上来，因为衣服太不相称，我预备为他缝一点衣，问他欢喜要什么样子，他总不做声。有一次，知道我得了许多钱，才问我要了十块钱，到晚上，不知往什么地方买了两套呢布中山服，一双旧皮靴，还有刺马轮，把我看时非常满意。我说：“你到这地方何必穿这个？你不是现役军官，也正像我一样，穿长衣好!”“我永远是军人。”我有一个军官厨子，这句话的来源是这样发生的。

电灯的熄灭，在先还只少许时间，一会儿就恢复了光明，到后来越加不成样子，所以每次吃饭都少不了一枝烛。但是这老兵，不知从什么地方又买来了一个旧灯，擦得罩子非常清洁，把灯头剪成圆形，放到我桌子上来了。因为我明白了他的脾气，也不大好意思说到上海地方用灯是愚蠢事情。电灯既然不大称职，有这灯也真给了我不少方便。因为不愿意受那电灯时明时灭的作弄，索性把这灯放在桌上，到了夜里，望着那清莹透明的灯罩，以及从那里放散的薄明微黄的灯光，面前又站得是那古典风度的军人，总使我常常幻想到起那些驻有一营人马的古庙，同小乡村的旅店，发生许多幻想。我是曾经太与那些东西相熟，因为都市生活的缠缚，又太与那些世界离远了的。我到了这些时候，不能不对于目下的生活，感到一点烦躁了。这是什么生活呢？一天爬上讲台去，那么庄严，那么不儿戏，也同时是那么虚伪，站在那小四方木榻上，谈这个那个，说一些废话谎话，这本书上如此说，那本书上又如此说。说了一阵，自己仿佛受了催眠，渐渐觉得是把问题引到严重方面去。待听到下面什么声音一响，憬然有所觉悟，再注意一下学生，才明白原来有几个快要在本学期终了就戴方帽儿的学士某君，已经伏在桌上打盹，这一来，头绪完全为这现象把它纷乱了。到了教员休息室里，一些有教养的绅士们，一得到机会，就是一句聪明询问："天气好，又有小说材料！"在他们自己，或者还非常得意，以为这是一种保持教授身分的雅谑，但是听到这个蠢话，望望那些扁平的脸嘴，觉得同这些吃肉睡觉打哈哈的人，不能有所争持，只得认了输，一句话不说，走出外面长廊下去晒太阳。到了外面，又是一些学生，取包围声势走拢来，谈天气，谈这个那个，似乎我因为教了点课，就必得负了一种义务，随时来告他们所谓作家们的轶事，似乎就听点这些空话，他们也就算了解文学了。从学校返回家里，坐近满是稿件以及各处寄来的新书新杂志的桌前，很努力地把桌面匀出一个位置，放下从学校带回的一束文章，一行一行地来过目，第一篇，五个"心灵儿为爱所碎"，第二篇有了七个，第三篇是革命的了，有泪有血，仍然不缺少"爱"。把一堆文章看过一小部分，看看天气有夜下来的样子，弄堂对过王寡妇家中三个年轻女儿，照例到了时候把话匣子一开，意大利情歌一唱，我忽然感到小小冤屈，什么事也不能做，觉得自己究竟还是从农村培养长大的人，现在所处的世界，仍然不是自己所习惯的世界，都会生活的厌倦，生存的厌倦，愿意同这世界一切好处离开，愿意再去做十四吊钱的屠税收捐员，坐到团防局，听为雨水汇成小潭的院中青蛙叫，用夺金标笔写《索靖出师颂》同《钟繇宣示表》了。但是当我面对这煤油灯，当我在煤油灯不安定的光度下，望到那安详的和平的老兵的脸，望到那古典的家乡风味的略显弯曲的上身，我忘记了白日的辛苦，忘记了当前的混乱，转成为对于这个人的精神发生极大兴味了。

“怎么样？是不是懂得军歌呢？”我这样问他，同他开一点小小玩笑。

他就说：“怎么军人不懂军歌？我不懂洋歌。”

“不懂也很好。山歌懂不懂？”

“看是什么山歌。”

“难道山歌有两样山歌吗？‘天上起云云重云’，‘天上起云云起花’，全是好山歌，我小时不明白。后来在游击支队司令杨处做小兵，太放肆了，每天吃我们所说过的那种狗肉，唱我们现在所说的这种山歌，真是小神仙。”

“我们是不好意思唱那种山歌的。一个正派军人，这样撒野算是犯罪。”

“那我是罪恶滔天了。可是我很挂念那些新从父母身边盘养大的人，因为不知这时在这样好天气下，还有这种歌在一些人口中唱着没有？”

“好的都完了！好人同好风俗，都被一个不认识的运气带走了。就像这个灯，我在上年同老爷到乡下去住，就全是这样灯。”

老兵到这些事上，有了因为清油灯的消灭，使我们常常见到的乡绅一般的感慨了。

我们这样谈着，凭了这诱人的空气，诱人的声音，我正迷醉到一个古旧的世界里，非常感动。可是这老兵，总是听到外面楼廊房东主人的钟响了九下，即或是大声地叱他，要他坐到椅子上，把话继续谈下去也不行。一到时候了，很关心地看了看一下我的卧室，很有礼貌地行了个房中的军人礼，用着极其动人的神气，站在那椅子边告了辞，就走下楼到亭子间睡去了。这是为什么？他怕担搁我的事情，恐我睡得太迟，所以明明白白有许多话他很欢喜谈到的，他也必得留到第二天来继续。谈闲话总不过九点，竟是这个老兵的军法，一点不能通融，所以每当到他走去后，我总觉得有一些新的寂寞安置到心上一角，做事总不大能够安定。

因为当着我面前，这个老兵以他五十年的生活经验，吓人的丰富，消化入他的脑中，同我谈及一切。平常时节对于以农村因经济影响到社会组织来写成的短篇小说，是我永远不缺少兴味的工作，但如今想要写一个短篇的短篇，也像是不好下笔了。我有什么方法可以把这个人的单纯优美的灵魂，平平地来安置到这纸上？望到这人的颜色，听到这人的声音，我感觉过去另外一时所写作的人生的平凡。我实在懂得太少了。

单是那眼睛，带一点儿忧愁，同时或不缺少对于未来作一种极信托的乐观，看人时总像有什么言语要从那无睫毛的微褐的眼眶内流出，我是缺少气力来为作一种说明的。望着他一句话不说，或者是我们正谈到那些战争，那些把好人家房子一把火烧掉，牵了农人母牛奏凯回营的战事，这老兵忽然想起了什么，不再说话。我猜想他是要说一些话的，但言语在这老兵头脑中好像不大够用，一到这些事情上，他便哑口了。他只望到我！或者他也能够明白我对于的同意，所以后来总是很温柔地也很妩媚地一笑，把头点点就转移了一个方向，唱了一个四句头的山歌。他哪里料得到我在这些情形下所生的动摇！我望着这老兵一个动作，就觉得看见了中国多数愚蠢的朋友，他们是那么愚蠢，同时又是那么正直，那最东方的古民族和平灵魂，为时代所带走，安置到这毫不相称的战乱世界里来，那种忧郁，那种拘束，把生活妥协到新的天地中，所做的梦，却永远是另一个天地的光与色，我简直要哭了。

有时，就因为这些感觉扰乱了我，我不免生了小小的气，似乎带了点埋怨神气，要他出去玩玩，不必尽呆在我房中。他就像一尾鱼那么悄悄地溜出去，一句话不说。看到那样子我又有点不安，就问他，“是不是到看戏？”恐怕他没有钱了，就一面送了他两块钱，说明白这是可以拿去随意花到大世界或者什么舞台之类地方的。他仍然望了我一下，很不自然地做了一个笑样子，把钱拿到手上，走下楼去了。我照例做事多数到十二点才上床，先是听到这个老兵，开了门出去，大约有十点多样子，又转来了。我以为若不是看过戏，一定也是喝了一点酒，或者照例在可以作赌博的事情上玩了一会，把钱用掉回来了，也就不去过问。谁知第二天，午饭时就有了一钵（bō）清蒸母鸡放在桌上，对于这鸡的来源，我不敢询问，我们就相互交换了一个微笑，在这当儿我又从那褐色眼睛里看到流动了那种说不分明的言语。我只能说“应当喝一杯，你不是很能够喝么?”“已经买得了的，这里的酒是火酒，亏我找，到后找到了一家乡亲铺子，才得那么一点点米酒。”仿佛先是不好意思劝我喝，听到说及酒，于是忙匆匆地走下楼去，用小杯子倒了半杯白酒，并且把那个酒瓶也拿来了。“你喝一点点，莫多吃。”本来不能喝酒不想喝酒的我，也不好意思拒绝这件事了。把酒喝下，接过了杯子，自己又倒了小半杯，向口中一灌，抿抿嘴，对我笑了一会儿，一句话不说，又拿着瓶子下楼去了。第二天还是鸡，就因为上海的鸡只须要一块钱一只。

学校的事这老兵士像是漠不关心的。他问过我那些大学生将来做些什么事，是不是每人都去做县长。他又问过我学校每月应当送我多少钱，这薪水是不是像军队请饷一样，一起了战争就受影响。但他的意思全不是对于学校的关心。他想知道学生是不是都去做县长，只是要明白我有多少门生是将来的知事老爷。他问欠薪不欠薪，只是要明白我究竟钱够不够用。他最关心的是我的生活。这好人，越来越不守本分，对于我的生活，先还是事事赞同，到后来，好像找出了许多责任，不拘是我愿不愿意，只要有机会总就要谈到了。即或不是像一些不懂事故的长辈那种偏见的批评，但对那些问题，他的笑，他的无言语的轻轻叹息，都代表了他的语言，使我感受不安。我当然不好生他的气，我不能把他踢下楼梯去，也不好意思骂他。他实在又并不加上多少意见，对于我的生活，他就只是反抗，就只是否认，对于我这样年龄，还不打量找寻一个太太，他比任何人皆感觉到不平。在先我只装做不懂他的意思，尽他去自言自语，每天只同他讨论点军中生活，以及各地各不相同的风俗习惯。到后来他简直有点麻烦人了，并且他那麻烦，又永远使人感到他是诚实的麻烦。所以我只得告他我是对于这件事毫无办法的，因为做绅士的方便我得不到，做学生的方便我也得不到，所以不能注意这些空事情。我还以为同他这样一说，自然就一切谅解，此后就再也不会受他的批评了。谁知因此一来更糟了。他仿佛把责任放在他自己身上去，从此对于与我来往的女人，皆被他所注意了。每一个来我住处的女人，或者是朋友，或者是学生，在客人谈话中间，不待我的呼唤，总忽然见到他买了一些水果，把一个盘子装来，非常恭敬地送上，到后就站到门外楼梯上去听我们谈话，待到我送客人下楼时，常常又见他故意做成在梯边找寻什么东西神情，目送客人出门，客人走去后，总又装成无意思的样子，从我口中探寻这女人一切，且窥探我的意思，他并且不忘记对这客人的风度言语加以一种批评，常常引用他所知道的“麻衣相法”，论及什么女人多子，什么女人聪明贤惠，若不是看出我的厌烦，决不轻易把问题移开。他虽然这样关心这件事情，暗示了我什么女人多福，什么女人多寿，但他总还以为他用的计策非常高明。他以为这些关心是永远不会为我明白的，他并不是不懂得到他的地位。这些事在先我实在也是不曾注意的，不过稍稍长久一点，我可就看出这好管闲事的人，是如何把同我来往的女人加以分析了。对于这种行为他所给我的还是忧愁，我不能恨他，又不能同他解释，又不能同他好好商量，只有少同他谈到这些事情为妙。

这老兵，在那单纯的正直的脑中，还不知为我设了多少法，尽了帮助我得到一个女人的多少设计的义务！他那欲望隐藏到心上，以为我完全不了解，其实我什么都懂。他不单是盼望他可以有一个机会，把他那从市上买来的呢布军服穿得整整齐齐，站到亚东饭店门前去为我结婚日子的迎宾主事，还非常愿意穿了军服，把我的小孩子，打扮得像一个将军的儿子，抱到公园中去玩！他在我身上，一定还做得最夸张的梦，梦到我带了妻儿，光荣，金钱，回转乡下去，他骑了一匹马最先进城，对于那些来迎接我的同乡亲戚朋友们，如何询问他，他又如何飞马地走去，一直跑到家里，禀告老太太，让一个小小县城的人如何惊讶到这一次的荣归！他这些希望，十余年前放到我的父亲身上，失败了，到后又放到我的哥哥身上，哥哥又失败了，如今是只有我可以安置他这可怜希望了。他那对于我们父兄如何从衰颓家声中爬起恢复原来壮观的希望，在父亲方面受了非常的打击，父亲是回家了，眼看到那老主人，从西北，从外蒙，带了因与马贼作战的腰痛，带了沙漠的荒凉，带了因频年争斗的衰老，回到家乡去做他那默默无闻的上校军医正了。他又看到哥哥从东北，从那些军队生活中，得到奉天省人的粗豪，与黑龙江人的勇迈坚忍，从流浪中，得到了上海都市生活的嚣杂兴味，也转到家乡做画师去了。还有我的弟弟，这老兵认为同志却尚无机会见到的弟弟，从广东得了冰冷的铁与热烈的革命的血两种揉和的经验，用起码下级军官的名分，打岳州，打武昌，打南昌，打龙潭，侥幸中的安全，引起了对生存深的感喟，带了喊呼，奔突，死亡，腐烂，一时代人类愚蠢行为各种印象，也寂寞地回到家乡，在那参军闲散职分上过着休息的日子了。他如今只认为我这无用人，可以寄托他那最无私心最诚恳的希望。他以为我做的事比父兄们的都可以把它更夸张地排列到故乡人眼下，给那些人一些歆羡，一些惊讶，一些永远不会忘却的豪华光荣。

我在这样一个人面前，感到忧郁也十分感到羞惭。因为那仿佛由于自己脑中成立的海市，而又在这海市景致中对于海市中人物的我的生活加以纯然天真的信仰，我不好意思把这老兵的梦戳破，也好像缺少那戳破这个梦的权利了。

可是我将怎么来同这老兵安安静静生活下去？我做的事太同我这老家人的梦离远了。我简直怕见他了。我只告他现在做点文章教点书，社会上对我如何好，在他那方面，又总是常常看到体面的有身分朋友同我来往，还有那更体面的精致如粉如奶做成的年轻女人到我住处来，他知道我许多关于表面的生活，这些情形就坚固了他的好梦。他极力在那里忍耐，保持着他做仆人的身分，但越节制到自己，也就越容易对于我的孤单感到同情。这另一世界长大的人，虽然有了五十多岁，完全不知道我们的世界是与他的世界两样。他没有料得到来我处的人同我生活的距离是多远，他没有知道我写一个短篇小说得费去多少精力，他没有知道我如何与女人疏隔，与生活幸福离开。他像许多人那样，看到了我的外表，他称赞我，也如一般人所加的赞美一样，以为我聪明，以为我待人很好，以为我不应当太不讲究生活，疏忽了一身的康健。这个人，他还同意我的气概，以为这只是一个从军籍中出身才有的好气概！凡是这些他全在另一时用口用眼睛用行动都表示到了的。许多时候当这个人面前

时节，我觉得无一句话可说，若是必须要做些什么事，最相宜的，倒真是痛痛地打他一顿较好。

那时到我处来往次数最多的，是一个穿蓝衣服的女孩子，好像一年四季这人都穿的是蓝颜色，也只有蓝色同这女人相称。这是我一个最熟的人，每次来总有很多话说，一则因为这女子是一个××分子，一则是这人常常拿了文章来我处商量。因为这女人把我当成一个最可靠的朋友，我也无事不与她说到。我的老管家私下在暗地里注意了这女人许多日子，他看准了这个人一切同我相合。他一切同意。就因为一切同意，比一个做母亲的还细腻，每次当这客人来到时，他总故意逗留到我房中，意思很愿意我向女人提及他。他又常常采用了那种学来的官家体裁，在我面前问女人这样那样。我不好对于他这种兴味加以阻碍，自然同女人谈到他的生活，谈到他为人的正直，以及经验的丰富等等事情，渐渐的，时间一长，女人对于他自然也发生一种友谊了。可是这样一来，当他同我两个人在一块时，这老兵，这行伍中风霜冰雪死亡饥饿打就的结实的心，到我婚姻问题上，完全柔软如蜡了。他觉得我若是不打量同那蓝衣女人同住，简直就是一种罪过。他把这些意见带着了责备样子很庄严地来同我讨论过。

先是这老兵还不大好意思同女人谈话，女人问到这样那样，像请他学故事那么把生活经验告给她听时，这老兵，总还用着略略拘束的神气，又似乎有点害羞，非常矜持地同女人谈话。后来因为一熟习，竟同女人谈到我的生活来了！他要女人劝我做一个人，劝我少做点事，劝我稍稍顾全一点穿衣吃饭的绅士风度，劝我……，虽然这些话谈及时，总是当我的面前，却又取了一种在他以为是最好的体裁来提及的。他说的只是我家里父亲以前怎么样讲究排场，我弟兄又如何亲爱为乡下人所敬视，母亲又如何贤慧温和。他实正在用了一种最笨拙的手段，暗示到女人应当明白做这人家的媳妇是如何相宜的。提到这些，因为那稍稍近于夸张处，这老兵虑及我的不高兴，一面谈说总一面对我笑，好像不许我开口。把话说完，看看女人，仿佛看清楚了女人已经为他一番话所动摇，责任已尽，这人就非常满意，同我飞了一个眼风，奏凯似的橐（tuó）橐走下楼预备点心去了。

他见我写信回到乡下去，总问我，是不是告给了老太太有一个非常……的女人？他意思是非常“要好”非常“相称”这一类名词。当发现我眉毛一皱，这老兵，就“吓”“吓”地低低喊着，带着“这是笑话，也是好意，不要见怪”的要求神气赶忙站远了一点，占据到屋角一隅去，好像怕我会要当真动手攫了墨水瓶抛掷到他头上去。

然而另外任何时节，他是不会忘记谈到那蓝衣女子的。

我能在这些事上有什么办法？我既然不能像我的弟弟那样，处置多嘴的副兵用马粪填口，又不能像我的父亲，用费话去支使他走路。我一见了这老兵就只有苦笑，听他谈到他自己生活同谈到我的希望，都完全是这个样子。这人并不是可以请求就能缄默的。就是口哑了，但那一举一动，他总不忘记使你看出他是在用一副善良的心为你打算一切。他不缺少一个戏子的天才，他的技巧，使我见到只有感动。

有一天，穿蓝衣的女人来到我的住处，第一次我不在家，老兵同女人说了许多话（从后来他的神气上，我知道他在与女人谈话时节，一定是用了一个对主人的恭敬而又亲切的态度应答着的）。因为恐怕我不能即刻回家，就走了。我回来时，老兵正同我讨论到女人，女人又来了。那时因为还没有吃晚饭，这老兵听说要招待这个女客了，显然十分高兴，走下楼去，到吃饭时，菜蔬排列到桌上，却有料想不到的丰盛。不知从什么地方学得了规矩，知道了女客不吃辣子，平素最欢喜用辣子的煎鱼，也做成甜醋的味道排上桌子了。

把饭吃过，这老兵不待呼唤又去把苹果拿来，把茶杯倒满了从酒精炉子烧好的开水，一切布置妥贴了，趑趄了好一会才走出去。他到楼下喝酒去了。他觉得非常快乐。他的梦展开在他眼前，一个主人，一个主妇，在酒杯中，他一定还看到他的小主人，穿陆军制服，像在马路上所常常见到的小洋人，走路挺直，小小的皮靴套在白嫩的脚上，在他前面忙走，他就用一个军官的姿势，很有身分很觉尊贵地在后面慢慢跟着。他因为我这个客人的来临，把梦肆无忌惮地做下去了。可是，真可怜，来此的朋友，是告我她的爱人W君的情形，他们在下个月过北平去，他们将在北平结婚的！无意中，这结婚的字眼，断章取义地又为那尖耳朵老战马听去，他自以为一切事果不出其所料，他相信这预兆，也非常相信这未来的事情，到女人走去，我正伏到桌子旁边，为这朋友的好消息感到喜悦也感到一点应有的惆怅时节，喝了稍稍过量的酒的好人，一个红红的脸在我面前晃动了。

“今天你喝多了，你怎么忽然有这样好菜，客人说从没有吃过这样菜。”

本来要笑的他，听到这个话样子更像猫儿了。他说：“今天我快乐。”

我说："你应当快乐。"

他分辩，同我故意争持："怎么叫作应当？我不明白！我从来没有今天快乐！我喝了半瓶白酒了！"

"明天又去买，多买一瓶存放身边，你到这里别的不有，酒总是当要让你喝够量！"

"这样喝酒我从不曾有过。我应当快乐！为什么应当？我常常是不快乐！我想起老爷，那种运气，快乐不来了。我想起大少爷，那种体格，也不能快乐了。我想起三少爷，我听人说到他一点儿，一个豹子，一个金钱豹，一个有脾气有作为的人，我要跟到他去打仗，我要跟到他去冲锋，捏了枪，爬过障碍物，吼一声杀，把刺刀刲到北佬胸膛里去。我要向他请教，手榴弹七秒钟的引线，应当如何抛去。但同他们在一处的都烂了，都埋成一堆，我听到人家说，四期黄埔军官生在龙潭作战的全烂了，两个月从那里过身，还有使人作呕臭气味，三少爷命好，他仍然能够骑马到黄罗寨打他的野猪，一个英雄！我不快乐，因为想起了他不做师长。你呢，我也不快乐。你身体多坏！你为什么不——"

"早睡点好不好？我要做点事情，我心里不大高兴。"

"你瞒我。你把我当外人。我耳朵是老马耳朵，听得懂得，我知道我要吃喜酒，你这些事都不愿意同我说，我明天回去了。"

"你听到什么？有什么事说我瞒你？"

"我懂我懂，我求你——你还不知道我这时的心里像什么样子！"

说到这里，这老兵哭了。那么一个中年人，一个老军人，一个……他真像一个小孩子哭了。但我知道这哭是为欢喜而流泪的。他以为我快要与刚走去不久的女人结婚。他知道我终久不能瞒他也不愿意瞒他。他知道还有许多事我都不能缺少他。他知道这事情不拘大小要他尽力的地方很多。他有了一个女主人，从此他的梦更坚固更实在地在那单纯的心中展开，欢喜得非哭不可了。他这感情是我即刻就看清楚了的。他同时也告给我哭的理由了，一面忙匆匆地又像很害羞地用那有毛的大手掌拭他的眼泪，一面就问我是什么日子，是不是要到吴瞎子处去问问，也选择一下，从一点俗。

一切事皆使我哭笑两难。我不能打他骂他，他实在又不是吃醉了酒的人。他只顽固地相信我对于这事情不应当瞒他，还劝我打一个电报，把这件事即刻通知七千里外的几个家中人。他称赞那女人，他告我白天就同女人谈了一些话，很懂得这女人一定会是老太太所欢喜的好媳妇。

我不得不把一切事在一种极安静的态度下为他说明。他望到我，把口张着，听完我的解释，信任了我的话，后来看到他那颜色惨沮的样子，我不得不谎了他一下，又告他我另外有了一个女人，相貌性情都同这穿蓝衣的女人差不多。可是这老兵，只愿意相信我前面那一段说明，对于后一段明白是我的谎话。我把话谈到末了，他毫不做声，那黄黄的小眼睛里，酿了满满的一泡眼泪，他又哭了。本来是非常强健的身体，到这时显出万分衰弱的神情了。

楼廊下的钟已经响了十点。

“你睡去，明天我们再谈好不好？”

听到我的请求，这老兵忽然又像觉悟了自己的冒失，装成笑样子，自责似的说自己喝多点酒就像颠子，且赌咒以后一定要戒酒。又问我明天欢喜吃鲫鱼没有。我不做声，他懂得我心里难过处，他望到桌上那一个建漆盘子里面的苹果皮，拿了盘子，又取了鱼的溜势，溜了出去，悄悄地把门拉拢，一步一步走下楼梯去了。听到那衰弱的脚，踏着楼梯的声音，我觉得非常悲哀。这中年人给我的一切印象，都使我对于人生多一个反省的机会，且使我感觉到人类的关系，在某一姿态下，所谓人情的认识，全是酸辛，全是难于措置的纠葛。这人走后听响过十二点钟我还没有睡觉，正思索到这些琐碎人情上，失去了心上的平衡。忽然楼梯上有一种极轻的声音，走到了门口，我猜得着这必定是他又来扰我了，他一定是因为我的不睡觉，所以来督促我上床了，就赶忙把桌前的灯扭小，就听到一个低低的叹息起自门外。我不好意思拒绝这老兵好意了，我说："你听吧，我事情已经做完，就要睡了。"外面没有声音，待一会儿我去开门，他已经早下楼去了。

经过这一次喜剧的排场，老兵性格变更了。他当真不再买酒吃了，问他为什么原故，就只说市上全是搀火酒的假酒。他不再同我谈女人，女客来到我处，好像也不大有兴味加以注意了。他对我的工作，把往日的乐观成分抽去，从我的工作上看出我的苦闷，我不作声时，他不大敢同我说及生活上的希望了。他把自己的梦，安置到一个新的方向上来，却仿佛更大方更夸诞了一点，做出很高兴的样子，但心上那希望，似乎越缩越小得可怜了。他不再责备我储蓄点钱预备留给一个家庭支配，也不对于我的衣服缺少整洁加以非难了。

我们互相了解得多一点。我仍然是那么保持到一种同世界绝缘的寂寞生活，并不因为气候时间有所不同，在老兵那一方面，由于从我这里，他得到了一些本来不必得到的认识，那些破灭的梦，永远无法再用一个理由把它重新拼合成为全圆，老兵的寂寞，比我更可怜了。关于光明生活的估计，从前完全由他提出，我虽加以否认也毫无办法挫折他的勇气，但后来反而需要我来为他说明那些梦的根据，如何可以做到如何可以满意，帮助他把梦继续来维持了。

但是那蓝衣女人，预备过北平结婚去了，到我住处来辞行，老兵听到女人又要到此吃饭，却只在平常饭菜上加了一样素菜，而且把菜拿来时节那种样子，真是使人不欢的样子。这情形只有我明白。不知为什么，我那时反而不缺少一点愉快，因为我看到这老兵，在他名分上哀乐的认真。一些情感上的固执，决对不放松，本来应当可怜他，也应当可怜自己，但因为本来就没有对那女人作另外打算的我，因为老兵糊涂的梦，几几乎把我也引到烦恼里去，如今看到这难堪的脸嘴，我好像报了小小的仇，忘记自己应当同情他了。

从此蓝衣女人在我的书房绝了踪迹。而且更坏的是两个青年男女，到天津皆被捕了。我没有把这件事告过老兵，那老兵也从不曾问到过。我明白他不但有点恨那女人，而且也似乎有点恨我的。

本来答应同我在七月暑假时节，一块儿转回乡下去，因为我已经有八年不曾看过我那地方的天空，踹过我那地方的土泥，他也有了六年没有回去了。可是到仅仅只有十八天要放假的六月初，福建方面起了战事，他要我送他点路费，说想到南京去玩玩。我看他脾气越来越沉静，不能使他快乐一点，并且每天到灶间去做菜做饭，又间或因为房东娘姨欢喜随手拖取东西，常常同那娘姨吵闹。我想就尽他到南京去玩几天也好。可是这人一去就不回来了。我不愿意把他的故事结束到那战事里去。他并不死，如许多人一样，还是活着，还是做他的司务长，驻扎到一个庙里，大清早就同连上的火夫上市镇去买菜，到相熟的米铺去谈谈天，到河边去看看船，一到了夜里，就坐在一个子弹箱上，靠一盏满堂红灯照着，同排长什长算日里的伙食账，用草纸记下那数目，为一些小小数目上的错误赌发着各样的重誓，睡到硬板子的高脚床上去，用棉絮包裹了全身，做梦必梦到同点验委员喝酒，或下乡去捉匪，过乡绅家吃蒸鹅。这人应当永远这样活到世界上，这人至少还应当在中国活二十年。所以他再不同我来信问候我，我总以为他仍然还是在这个世界上。

这就是我桌上有这样一盏灯的理由了。这灯我仍然常常用它。当我写到我所熟习的那个世界上一切时，当我愿意沉溺到那生活里面去时节，把电灯扭熄，燃好这个灯，我的房子里一切便失去了原有的调子，我在灯光下总仿佛见到那老兵的红脸，还有那一身军服，一个古典的人，十八世纪的老管家——更使我不会忘记的，是从他小小眼睛里滚出的一切无声音的言语。

故事说完时，穿青衣服的女人，低低地叹了一声气，走过那桌子边旁去，用纤柔的手去摩娑那盏小灯。女人稍稍吃惊了，怎么两年来还有油？但×是说过了的，因为在晚上，把灯燃好，就可在灯光下看到那个老行伍中人的声音颜色。女人好奇似的说晚上要来试试看，是不是也可以看得出那司务长，显然的是女人对于主人所说的那老兵是完全中意了。

到了晚上，×的房间里，那旧洋灯放了薄薄光明，火头微微地动摇，发出低微的滋滋声音，用惯了五十枝烛光的人，在这灯光下是感到一切情调皆非常阇默模糊的。主人×同穿青衣女人把身体搁在两个小小圈椅里，主人又说起了那灯，且告给女人，什么地方是那老兵所站的地方，老兵说话时是如何神气，这灯罩子在老兵手下是擦得如何透明清澈，桌上那时是如何混乱，……末了，他指点那蓝衣女人的坐处，恰恰正是这时她的坐处。

听到这个话的穿青衣女人，笑了又复仍然轻轻地叹着。过了一会，忽然惋惜似的说：

“这人一定早死了！”

男子×说：“是的，这人一定死了，在穿蓝衣人心上这人也死了的，但他活在你的心上，他一定还那么可爱地活在你心上，是不是？”

“很可惜我见不着这个人。”

“他也应当很可惜不见你！”

“我愿意认识他，愿意同他谈谈话，愿意……”

“那有什么用处！不是因为见到，便反而将给许多人的麻烦么？”

女人觉得有些事情应当红脸下来。

于是两人在灯光中沉默下来。

另外一个晚上，那穿青衣的女人忽然换了一件蓝色衣服来了，×懂得这是为凑成那故事而来的，非常欢喜。两人皆像这件事全为的使老兵快乐而做的，没有言语，年轻人在一种小小惶恐情形中抱着接了吻。到后女人才觉得房中太明亮了，询问那个灯，今晚为什么不放在桌上，×笑了。

“是嫌电灯光线太强么？”

“是要司务长看另外一个穿蓝衣服的人在你房里的情形！”

听到这个俏皮的言语，×想下楼去取灯，女人问他：

“放在楼下么？”

“是在楼下的。”

“为什么又放到楼下去？”

“那是因为前晚上灯泡坏了不好做事，借他们楼下娘姨的，我再去拿来就是了。”

“是娘姨的灯吗？”

“不，我好像说过是老兵买的灯！”男子×加以分辩，还说，“你知道这灯是老兵买的！”

“但那是你说的谎话！”

“若谎话比真实美丽……并且，穿蓝衣的人如今不是有一个了么？”

女人承认：“穿蓝衣的虽有一个，但她将来也一定不让老兵快乐。”

“我赞成你这个话，倘若真有这个老兵，实在不应当好了他。”

“真是一个坏人，原来说的全是空话！”

“可是有一个很关心他的听差，而且仅仅只把这听差的神气样子告给别人，就使这人对于那主人感到兴味，十分同情，这坏人……！”

女人忍不住笑了。他们于是约定下个礼拜到苏州去，到南京去，男的还答应了女人，这种旅行为的是探听那个老司务长的下落。

八骏图

“先生，您第一次来青岛看海吗？”

“先生，您要到海边去玩，从草坪走去，穿过那片树林子，就是海。”

“先生，您想远远地看海，瞧，草坪西边，走过那个树林子——那是加拿大杨树，那是银杏树，从那个银杏树夹道上山，山头可以看海。”

“先生，他们说，青岛海比一切海都不同，比中国各地方海美丽。比北戴河呢，强过一百倍；您不到过北戴河吗？那里海水是清的，浑的？”

“先生，今天七月五号，还有五天学校才上课。上了课，您们就忙了，应当先看看海。”

青岛住宅区××山上，一座白色小楼房，楼下一个光线充足的房间里，到地不过五十分钟的达士先生，正靠近窗前眺望窗外的景致。看房子的听差，一面为来客收拾房子，整理被褥，一面就同来客攀谈。这种谈话很显然的是这个听差希望客人对他得到一个好印象的。第一回开口，见达士先生笑笑不理会。顺眼一看，瞅着房中那口小皮箱上面贴的那个黄色大轮船商标，觉悟达士先生是出过洋的人物了，因此就换口气，要来客注意青岛的海。达士先生还是笑笑地不说什么，那听差于是解嘲似的说，青岛的海与其他地方的海如何不同，它很神秘，很不易懂。

分内事情做完后，这听差搓着两只手，站在房门边说："先生，您叫我，您就按那个铃。我名王大福，他们都叫我老王。先生，我的话您懂不懂？"

达士先生直到这个时候方开口说话："谢谢你，老王。你说话我全听得懂。"

"先生，我看过一本书，学校朱先生写的，名叫《投海》，有意思。"这听差老王那么很得意地说着，笑眯眯地走了。天知道，这是一本什么书。

听差出门后，达士先生便坐在窗前书桌边，开始给他那个远在两千里外的美丽未婚妻写信。

瑗瑗：

我到青岛了。来到了这里，一切真同家中一样。请放心，这里吃的住的全预备好好的！这里有个照料房子的听差，样子还不十分讨人厌，很欢喜说话，且欢喜在说话时使用一些新名词；一些与他生活不大相称的新名词。这听差真可以说是个"准知识阶级"，他刚刚离开我的房间。在房间帮我料理行李时，就为青岛的海，说了许多好话。照我的猜想，这个人也许从前是个海滨旅馆的茶房。他那派头很像一个大旅馆的茶房。他一定知道许多故事，记着许多故事。（真是我需要的一只母牛！）我想当他作一册活字典，在这里两个月把他翻个透熟。

我窗口正望着海，那东西，真有点迷惑人！可是你放心，我不会跳到海里去的。假若到这里久一点，认识了它，了解了它，我可不敢说了。不过我若一不小心失足掉到海里去了，我一定还将努力向岸边泅来，因为那时我心想起你，我不会让海把我攫住，却尽你一个人孤孤单单。

达士先生打量捕捉一点窗外景物到信纸上，寄给远地那个人看看，停住了笔，抬起头来时窗外野景便朗然入目。草坪树林与远海，衬托得如一幅动人的画。达士先生于是又继续写道：

我房子的小窗口正对着一片草坪，那是经过一种精密的设计，用人工料理得如一块美丽毯子的草坪，上面点缀了一些不知名的黄色花草，远远望去，那些花简直是绣在上面。我想起家中客厅里你做的那个小垫子。草坪尽头有个白杨林，据听差说那是加拿大种白杨林。林尽头是一片大海，颜色仿佛时时刻刻都在那里变化；先前看看是条深蓝色缎带，这个时节却正如一块银子。

达士先生还想引用两句诗，说明这远海与天地的光色。一抬头，便见着草坪里有个黄色点子，恰恰镶嵌在全草坪最需要一点黄色的地方。那是一个穿着浅黄颜色袍子女人的身影。那女人正预备通过草坪向海边走去，随即消失在白杨树林里不见了。人俨然走入海里去了。

没有一句诗能说明阳光下那种一刹而逝的微妙感印。

达士先生于是把寄给未婚妻的第一个信，用下面几句话作了结束：

学校离我住处不算远，估计只有一里路，上课时，还得上一个小小山头，通过一个长长的槐树夹道。山路上正开着野花，颜色黄澄澄的如金子。我欢喜那种不知名的黄花。

达士先生下火车时上午×点二十分。到地把住处安排好了，写完信，就过学校教务处去接洽，同教务长商量暑期学校十二个钟头讲演的分配方法。事很简便地办完了，就独自一人跑到海滨一个小餐馆吃了一顿很好的午饭。回到住处时，已是下午×点了。便又起始给那个未婚妻写信。报告半天中经过的事情。

瑗瑗：

我已经过教务处把我那十二个讲演时间排定了。所有时间皆在上午十点前。有八个讲演，讨论的问题，全是我在北京学校教过的那些东西。我不用预备就可以把它讲得很好。另外我还担任四点钟现代中国文学，两点钟讨论几个现代中国小说家所代表的倾向。你想象得出，这些问题我上堂同他们讨论时，一定能够引起他们的兴味。今天五号，过五天方能够开学。

我应当照我们约好的办法，白天除了上堂上图书馆，或到海边去散步以外，就来把所见所闻一一告给你。我要努力这样做。我一定使你每天可以接到我一封信，这信上有个我，与我在此所见社会的种种，小米大的事也不会瞒你。

我现在住处是一座外表很可观的楼房。这原是学校特别为几个远地聘来的教授布置的。住在这个房子里一共有八个人，其余七个人我皆不相熟。这里住的有物理学家教授甲，生物学家教授乙，道德哲学家教授丙，哲学专家教授丁，以及西洋文学史专家教授戊等等。这些名流我还不曾见面，过几天我会把他们的神气一一告诉你。

我预备明天方过校长处去，我明天将到他那儿吃午饭。我猜想得到，这人一见我就会说："怎么样？还可……？应当邀你那个来海边看看！我要你来这里不是害相思病，原就只是让你休息休息，看看海。一个人看海，也许会跌到海里去给大鱼咬掉的！"瑗瑗，你说，我应如何回答这个人。

下车时我在车站外边站了一会儿，无意中就见到一种贴在阅报牌上面的报纸。那报纸登载着关于我们的消息。说我们两人快要到青岛来结婚。还有许多事是我们自己不知道的，也居然一行一行地上了版，印出给大家看了。那个做编辑的转述关于我的流行传说时，居然还附加着一个动人的标题，"欢迎周达士先生"。我真害怕这种欢迎。我担心一会儿就会有人来找我。我应当有个什么方法，同一切麻烦离远些，方有时间给你写信。你试想想看，假若我这时正坐在桌边写信，一个不速之客居然进了我的屋子里，猝然发问："达士先生，你又在写什么恋爱小说！你一共写了多少？是不是每个故事都是真的？都有意义？"这询问真使人受窘！我自然没有什么可回答。然而一到第二天，他们仍然会写出许多我料想不到的事情！他们会说：达士先生亲口对记者说的。事实呢，他也许就从不见过我。

达士先生离开××时，与他的未婚妻瑷瑷说定，每天写一个信回××。但初到青岛第一天，他就写了三个信。第三个信写成，预备叫听差老王丢进学校邮筒里去时，天已经快夜了。

达士先生在住处窗边享受来到青岛地方以后第一个黄昏。一面眺望窗外的草坪，——那草坪正被海上夕照烘成一片浅紫色。那种古怪色泽引起他一点回忆。

想起另外某一时，仿佛也有那么一片紫色在眼底眩耀。那是几张紫色的信笺，不会记错。

他打开箱子，从衣箱底取出一个厚厚的杂记本子，就窗前余光向那个书本寻觅一件东西。这上面保留了这个人一部分过去的生命。翻了一阵，果然的，一个“七月五日”标题的记事被他找出来了。

七月五日

一切都近于多余。因为我走到任何一处皆将为回忆所围困。新的有什么可以把我从泥淖里拉出？这世界没有“新”，连烦恼也是很旧了的东西。

读完这个，有一点茫然自失，大致身体为长途折磨疲倦了，需要一会儿休息。

可是达士先生一颗心却正准备到一个旧的环境里散散步。他重新去念着那个二年前七月五日寄给南京的×请她代他过××去看看□的一个信稿。那个原信是用暗紫色纸张写的，那个信发出时，也正是那么一个悦人眼目的黄昏。

这几个人的关系是×欢喜他，他却爱□，□呢，不讨厌×。

当□听人说到×极爱达士先生时，□便说：“这真是好事情。”然而人类事情常常有其相左的地方，上帝同意的人不同意，人同意的命运又不同意。×终于怀着一点儿悲痛，嫁给一个会计师了。×做了另外一个人的太太后，知道达士先生尚在无望无助中遣送岁月，便来信问达士先生，是不是要她做点什么事。她很想为他效点劳。因为她觉得他虽不爱她，派她做点事，尚可借此证明他还信任她。来信说得多委婉，多可怜！当时他被她一点点隐伏着的酸辛把心弄软了，便写了个信给×，托她去看看□。这个信不单是信任×，同时也就在告给×，莫用过去那点幻想折磨她自己。

×，你信我已见到了，一切我都懂。一切不是人力所能安排的，我们总莫过分去勉强。我希望我们皆多有一分理知，能够解去爱与憎的缠缚。

听说你是很柔顺贞静做了一个人的太太，这消息使熟人极快乐。……死去了的人，死去了的日子，死去了的事，假若还能折磨人，都不应当留在人心上来受折磨；所以不是一个善忘的人企想“幸福”，最先应当学习的就是善忘。我近来正在一种逃遁中生活，希望从一切记忆围困中逃遁。与其尽回忆把自己弄得十分软弱，还不如保留一个未来的希望较好。

谢谢你在来信上提到那些故事，恰恰正是我讨厌一切写下的故事的时节。一个人应当去生活，不应当尽去想象生活！若故事真如你称赞的那么好，也不过只证明这个拿笔的人，很愿意去一切生活里生活，因为无用无能，方转而来虐待那一只手罢了。

你可以写小说，因为很明显的事，你是个能够把文章写得比许多人还好的女子。若没有这点自信力，就应当听一个朋友忠厚老实的意见。家庭生活一切过得极有条理，拿笔本不是必需的行为。为你自己设想可不必拿笔，为了读者，你不能不拿笔了。中国还需要这种人，忘了自己的得失成败，来做一点事情。我听人说到你预备去当伤兵看护，实际上您的长处可以当许多男子受伤灵魂的看护，后者职务实在比你去侍候伤兵还精细在行。你不觉得你写点文章比掉换绷带方便些？你需要一点自信，一点自信。

我不久或过××来，我想看看那“我极爱她她可毫不理我”的□。三年来我一切完了。我看看她，若一切还依然那么沉闷，预备回乡下去过日子，再不想麻烦人了。我应当保持一种沉默，到乡下生活十年，把最重要的一段日子费去。×，你若是个既不缺少那点好心也不缺少那种空闲的人，我请你去为我看看她。我等候你一个信。你随便给我一点见她以后的报告，对于我都应当说是今年来最难得的消息。

再过两年我会不会那么活着？

一切人事皆在时间下不断地发生变化。第一，这个×去年病死了。第二，这个□如今已成达士先生的未婚妻。第三，达士先生现在已不大看得懂那点日记与那个旧信上面所有的情绪。

他心想：人这种东西够古怪了，谁能相信过去，谁能知道未来？旧的，我们忘掉它。一定的，有人把一切旧的皆已忘掉了，却剩下某时某地一个人微笑的影子还不能够忘去。新的，我们以为是对的，我们想保有它，但谁能在这个人间保有什么？

在时间对照下，达士先生有点茫然自失的样子。先是在窗边痴着，到后来笑了。目前各事仿佛已安排对了。一个人应知足，应安分。天慢慢地黑下来，一切那么静。

瑗瑗：

暑期学校按期开了学。在校长欢迎宴席上，他似庄似谐把远道来此讲学的称为“千里马”；一则是人人皆赫赫大名，二则是不怕路远。假若我们全是千里马，我们现在住处，便应当称为“马房”了！

我意思同校长稍稍不同。我以为几个人所住的房子，应当称为“天然疗养院”方能名实相符。你信不信？这里的人从医学观点看来，皆好像有一点病，（在这里我真有个医生资格！）我不说过我应当极力逃避那些麻烦我的人吗？可是，结果相反，三天以来同住的七个人，有六个人已同我很熟习了。我有时与他们中一个两个出去散步，有时他们又到我屋子里来谈天，在短短时期中我们便发生了很好的友谊，教授丁，丙，乙，戊，尤其同我要好。便因为这种友谊，我诊断他们是个病人。我说的一点不错，这不是笑话。这些教授中至少有两个人还有点儿疯狂，便是教授乙同教授丙。

我很觉得高兴，到这里认识了这些人，从这些专家方面，学了许多应学的东西。这些专家年龄有的已经五十四岁，有的还只三十左右。正仿佛他们一生所有的只是专门知识，这些知识有的同“历史”或“公式”不能分开，因此为人显得很庄严，很老成。但这就同人性有点冲突，有点不大自然。一个不到三十岁的小说作家，年龄同事业，从这些专家看来，大约应当属于“浪漫派”。正因为他们是“古典派”，所以对我这个“浪漫派”发生了兴味，发生了友谊。我相信我同他们的谈话，一面在检察他们的健康，一面也就解除了他们的“意结”。这些专家有的儿女已到大学三年级，早在学校里给同学写情书谈恋爱了，然而本人的心，真还是天真烂漫，这些人虽富于学识，却不曾享受过什么人生。便是一种心灵上的欲望，也被抑制着，堵塞着。我从这儿得到一点珍贵知识，原来十多年大家叫喊着“恋爱自由”这个名词，这些过渡人物所受的刺激，以及在这种刺激之下，藏了多少悲剧，这悲剧又如何普遍存在。

瑗瑗，你以为我说的太过分了是不是，我将把这些可尊敬的朋友神气，一个一个慢慢地写出来给你看。

达士

教授甲把达士先生请到他房里去喝茶谈天，房中布置在达士先生脑中留下那么一些印象：

房中小桌上放了张全家福的照片，六个胖孩子围绕了夫妇两人。太太似乎很肥胖。

白麻布蚊帐里，有个白布枕头，上面绣着一点蓝花。枕旁放了一个旧式扣花抱兜。一部《疑雨集》，一部《五百家香艳诗》。大白麻布蚊帐里挂一幅半裸体的香烟广告美女画。

窗台上放了个红色保肾丸小瓶子，一个鱼肝油瓶子，一点头痛膏。

教授乙同达士先生到海边去散步。一队穿着新式浴衣的青年女子迎面而来，切身走过。教授乙回身看了一下几个女子的后身，便开口说：

“真希奇，这些女子，好像天生就什么事都不必做，就只那么玩下去，你说是不是？”

“……”

“上海女子全像不怕冷。”

“……”

“宝隆医院的看护，十六元一月，新新公司的卖货员，四十块钱一月。假若她们并不存心抱独身主义，在货台边相攸的机会，你觉不觉得比病房中机会要多一些？”

“……”

“我不了解刘半农的意思，女子文理学院的学生全笑他。”

走到沙滩尽头时，两人便越马路到了跑马场。场中正有人调马。达士先生想同教授乙穿过跑马场，由公园到山上去。教授乙发表他的意见，认为那条路太远，海滩边潮水尽退，倒不如湿砂上走走有意思些。于是两人仍回到海滩边。

达士先生说：

“你怎不同夫人一块来？家里在河南，在北京？”

“……”

“小孩子读书实在也麻烦，三个都在南开吗？”

“……”

“家乡无土匪倒好。从不回家，其实把太太接出来也不怎么费事；怎么不接出来？”

“……”

“那也很好，一个人过独身生活，实在可以说是洒脱，方便。但是，有时候不寂寞吗？”

“……”

“你觉得上海比北京好？奇怪。一个二十来岁的人，若想胡闹，应当称赞上海。若想念书，除了北京往哪里走。你觉得上海可以——？”

那一队青年女子，恰好又从浴场南端走回来。其中一个穿着件红色浴衣，身材丰满高长，风度异常动人。赤着两只脚，经过处，湿砂上便留下一列美丽的脚印。教授乙低下头去，从女人一个脚印上拾起一枚闪放珍珠光泽的小小蚌螺壳，用手指轻轻地很情欲地拂拭着壳上粘附的砂子。

“达士先生，你瞧，海边这个东西真美丽。”

达士先生不说什么，只是微笑着，把头掉向海天一方，眺望着天际白帆与烟雾。

道德哲学教授丙，从住处附近山中散步回到宿舍，差役老王在门前交给他一个红喜帖，“先生，有酒喝！”教授丙看看喜帖是上海×先生寄来的，过达士先生房中谈闲天时，就说起×先生。

“达士先生，您写小说我有个故事给您写。民国十二年，我在杭州××大学教书，与×先生同事。这个人您一定闻名已久。这是个从五四运动以来有戏剧性过了好一阵热闹日子的人物！这×先生当时住在西湖边上，租了两间小房子，与一个姓口的爱人同住。各自占据一个房间，各自有一铺床。两人日里共同吃饭，共同散步，共同做事读书，只是晚上不共同睡觉。据说这个叫作‘精神恋爱’。×先生为了阐发这种精神恋爱的好处，同时还著了一本书，解释它，提倡它。性行为在社会引起纠纷既然特别多，性道德又是许多学者极热烈高兴讨论的问题。当时倘若有只公鸡，在母鸡身边，还能做出一种无动于衷的阉鸡样子，也会为青年学者注意。至于一个公人，能够如此，自然更引人注意，成为了不起的一件大事了。社会本是那么一个凡事皆浮在表面上的社会，因此×先生在他那分生活上，便自然有一种伟大的感觉，日子过得仿佛很充实。分析一下，也不过是佛教不净观，与儒家贞操说两种鬼在那里作祟罢了。

“有朋友问×先生，你们过日子怪清闲，家里若有个小孩，不热闹些吗？×先生把那朋友看得很不在眼似的说，嗨，先生，你真不了解我。我们恋爱哪里像一般人那种兽性；你真是——有眼不识泰山。你没看过我那本书吗？他随即送了那朋友一本书。

“到后丈母娘从四川省远远地跑来了，两夫妇不得不让出一间屋子给丈母娘往。两人把两铺床移到一个房中去，并排放下。另一朋友知道了这件事，就问他，×先生如今主张会变了吧？×先生听到这种话，非常生气地说，哼，你把我当成畜生！从此不再同那个朋友来往。

“过了一年，那丈母娘感觉生活太清闲，那么过日子下去实在有点寂寞，希望做外祖母了。同两夫妇一面吃饭，一面便用说笑话口气发表意见，以为家中有个小孩子，麻烦些同时也一定可以热闹些。两夫妇不待老母亲把话说完，同声齐嚷起来：娘，你真是无办法。怎不看看我们那本书？两夫妇皆把丈母娘当成老顽固，看来很可怜。以为不受过高等教育的人，除了想儿女为她养孩子含饴弄孙以外，真再也没有什么高尚理想可言！

“再过一阵，女的害了病；害了一种因贫血而起的某种病。×先生陪她到医生处去诊病。医生原认识两人，在病状报告单上称女的为×太太，两夫妇皆不高兴，勒令医生另换一纸片，改为口小姐。医生一看病人，已知道了病因所在，是在一对理想主义者，为了那点违反人性的理想把身体弄糟了。要它好，简便得很，发展兽性，自然会好！医生有做医生的义务，就老老实实把意见告给×先生。×先生听完，一句话不说，拉了女的就走。女的还不明白是怎么回事。×先生说，这家伙简直是一个流氓，一个疯子，哪里配做医生。后来且同别人说，这医生太不正经，一定靠卖春药替人堕胎讨生活。我要上衙门去告他。公家应当用法律取缔这种坏蛋，不许他公然在社会上存在，方是道理。

“于是女人改医生服中药，贝母当归煎剂吃了无数，延缠半年，终于死去了。×先生在女的坟头立了一个纪念碑，石上刻字：我们的恋爱，是神圣纯洁的恋爱！当时的社会是不大吝惜同情的，自然承认了这件事。凡朋友们不同意这件事的，×先生就觉得这朋友很卑鄙龌浊，不了解人间恋爱可以作到如何神圣纯洁与美丽，永远不再同那个朋友往来。

“今天我却接到这个喜帖，才知道原来×先生八月里在上海又要同上海交际花结婚了，有意思。潮流不同了，现在一定不再那个了。”

达士先生听完了这个故事，微笑着问教授丙：

“丙先生，我问您，您的恋爱观怎么样？”

教授丙把那个红喜帖摺叠成一个老猪头。

“我没有恋爱观。我是个老人了，这些事应当是儿女们的玩意儿了。”

达士先生房中墙壁上挂了个希腊爱神照像片，教授丙负手看了又看，好像想从那大理石胴体上凹下处凸出处寻觅些什么，发现些什么。到把目光离开相片时，忽然发问：

“达士先生，您班上有个×××，是不是？”

“真有这样一个人。您怎么认识她？这个女孩子真是班上顶美……”

“她是我的内侄女。”

“哦，您们是亲戚！”

“这孩子还聪敏，书读得不坏，”说着，教授丙把视线再度移到墙头那个照片上去，心不在乎地问道：“达士先生，这照片是从希腊人的雕刻照下的吗？”这种询问似乎不必回答，达士先生很明白。

达士先生心想：“丙先生倒有眼睛，认识美。”不由得不来一个会心微笑。

两人于是同时皆有一个苗条圆熟的女孩子影子，在印象中晃着。

教授丁邀约达士先生到海边去坐船。乳白色的小游艇，支持了白色三角形小帆。顺着微风，向作宝石蓝颜色镜平放光的海面滑去。天气明朗而温柔。海浪轻轻地拍着船头和船舷，船身略侧，向前滑去时轻盈得如同一只掠水的小燕儿。海天尽头有一点淡紫色烟子。天空正有白鸟三五，从容向远海飞去。这点光景恰恰像达士先生另外一个记载里的情形。便是那只船，也如当前的这只船。有一点儿稍稍不同，就是坐在达士先生对面的一个人，不是医生，却换了一个哲学教授了。

两人把船绕着小青岛去。讨论着当年若墨医生与达士先生尚未讨论结果的那个问题，——女人，一个永远不能结束定论的议题！

教授丁说：

“大概每个人皆应当有一种辖治，才能像一个人。不管受神的，受鬼的，受法律的，受医生的，受金钱的，受名誉的，受牙痛的，受脚气的，必需有一点从外而来或由内而发的限制，人才能够像一个人。一个不受任何拘束的人，表面看来极其自由，其实他做什么也不成功。因为他不是个人。他无拘束，同时也就不会有多少气力。

“我现在若一点儿不受拘束，一切欲望皆苦不了我，一切人事我不管，这决不是个好现象。我有时想着就害怕。我明白，我自己居然能够活下去，还得感谢社会给我那一点拘束。若果没有它，我就自杀了。

“若墨医生同我在这只小船上的座位虽相差不多，我们又同样还不结婚。可是，他讨厌女人，他说：一个女人在你身边时折磨你的身体，离开你身边时又折磨你的灵魂。女子是一个诗人想象的上帝，是一个浪子官能的上帝。他口上尽管讨厌女人，不久却把一个双料上帝弄到家中做了太太，在裙子下讨生活了。我一切恰恰同他相反。我对女人，许多女人皆发生兴味。那些肥的，瘦的，有点儿装模作样或是势利浅浮的，似乎只因为她们是女子，有女子的好处，也有女子的弱点，我就永远不讨厌她们。我不能说出若墨医生那种警句，却比他更了解女子。许多讨厌女子的人，皆在很随便情形下同一个女子结了婚。我呢，我欢喜许多女人，对女人永远倾心，我却再也不会同一个女人结婚。

“照我的哲学崇虚论来说，我早就应当自杀了。然而到今天还不自杀，就亏得这个世界上尚有一些女人。这些女人我皆很情欲地爱着她们。我在那种想象荒唐中疯人似的爱着她们。其中有一个我尤其倾心，但我却极力制止我自己的行为，始终不让她知道我爱她。我若让她知道了，她也许就会嫁给我。我不预备这一着。我逃避这一着。我只想等到她有了四十岁，把那点女人极重要的光彩大部分已失去时，我再去告她，她失去了的，在我心上还好好地存在。我为的是爱她，为的是很情欲地爱她，总觉得单是得到了她还不成，我便尽她去嫁给一个明明白白一切皆不如我的人，使她同那男子在一处消磨尽这个美丽生命。到了她本身已衰老时，我的爱一定还新鲜而活泼。

“您觉得怎么样，达士先生？”

达士先生有他的意见：

“您的打算还仍然同若墨医生差不多。您并不是在那里创造哲学，不过是在那里被哲学创造罢了。您同许多人一样，放远期账，表示远见与大胆，且以为将来必可对本翻利。但是您的账放得太远了，我为您担心。这种投资我并无反对理由，因为各人有各人耗费生命的权利和自由，这正同我打量投海，觉得投海是一种幸福时，您不便干涉一样。不过我若是个女人，对于您的计划，可并无多少兴味。您有哲学，却缺少常识。您以为您到了那个年龄，脑子尚能有如今这样充满幻想，且以为女子到了四十岁，也还会如十八岁时那么多情善感。这真是糊涂。我敢说您必输到这上面。您若有兴味去看一本关于××的书籍，您会觉得您那哲学必需加以小小修改了。您爱她，得给她。这是自然的道理。您爱她，使她归您，这还不够，因为时间威胁到您的爱，便想违反人类生命的秩序，而且说这一切皆为女人着想。我看看，这同束身缠脚一样，不大自然，有点残忍。”

“你以为这个事太不近情，是不是？我们每一个人皆可听凭自己意志建筑一座礼拜堂，供奉自己所信仰的那个上帝。我所造的神龛，我认为是世界上最美丽的神龛。这事由你看来，这么办耗费也许大一点。可是恋爱原本就是一种奢侈的行为。这世界正因为吝啬的人太多了，所以凡事皆做不好。我觉得吝啬原邻于愚蠢。一个人想把自己人格放光，照耀蓝空，眩人眼目如金星，愚蠢人决做不出。”

“您想这么做是中了戏剧的毒。您能这么做可以说是很有演剧的天才。我承认您的聪明。”

“你说对了，我是在演剧。很大胆地把角色安排下来，我期待的就正是在全剧进行中很出众，然而近人情，到重要时忽然一转，尤其惊人。”

达士先生说：

“说得对。一个人若真想把自己全生活放在热闹紧张场面上发展，放在一种变态的不自然的方法中去发展，从一个艺术家眼里看来，没有反对的道理。一切艺术原皆不容许平凡。不过仍然用演戏取譬，你想不想到时间太久了一点，您那个女角，能不能支持得下去？世界上尽有许多女人在某一小时具有为诗人与浪子拜倒那个上帝的完美，但决不能持久。您承认她们到某一时会把生命光彩失去，却不想想一个表面失去了光彩的女人，还剩下一些什么东西。”

“那你意思怎么样？”

“爱她，得到她。爱她，一切给她。”

“爱她，如何能长久得到她？一切给她，什么是我？若没有我，怎么爱她？”

达士先生知道教授戊是个结了婚后一年又离婚的人，想明白他对于这件事的意见同感想。下面是教授戊的答案：

“女人，多古怪的一种生物！你若说‘我的神，我的王后，你瞧，我如何崇拜你！让莎士比亚的胸襟为一个女人而碎吧，同我来接一个吻！’好辞令。可是那地方若不是戏台，却只是一个客厅呢？你将听到一种不大自然的声音（她们照例演戏时还比较自然），她们回答你说：‘不成，我并不爱你。’好，这事也就那么完结了。许多男子就那么离开了他的爱人，男的当然便算作失恋。过后这男子事业若不大如意，名誉若不大好，这些女人将那么想：‘我幸好不曾上当。’但是，另外某种男子，也不想做莎士比亚，说不出那么雅致动人的话语。他要的只是机会。机会许可他傍近那个女子身边时，他什么空话不必说，就默默地吻了女人一下。这女子在惊慌失措中，也许一伸手就打了他一个耳光，然而男子不作声，却索性抱了女子，在那小小嘴唇上吻个一分钟。他始终没有说话，不为行为加以解释。他知道这时节本人不在议会，也不在课室，他只在做一件事！结果，沉默了。女人想：‘他已吻过我了。’同时她还知道了接吻对于她毫无什么损失，到后，她成了他的妻子。这男人同她过日子过得好，她十年内就为他养了一大群孩子，自己变成一个中年胖妇人；男子不好，她会解说：‘这是命。’

“是的，女人也有女人的好处。我明白她们那些好处。上帝创造她们时并不十分马虎，既给她们一个精致柔软的身体，又给她们一种知足知趣的性情，而且更有意思，就是同时还给她们创造一大群自作多情又痴又笨的男子，因此有恋爱小说，有诗歌，有失恋自杀，有——结果便是女人在社会上居然占据一种特殊地位，仿佛凡事皆少不了女人。

“我以为这种安排有一点错误。从我本身起始，想把女人的影响，女人的牵制，尤其是同过家庭生活那种无趣味的牵制，在摆脱得开时乘早摆脱开。我就这样离了婚。”

达士先生向草坪望着：“老王，草坪中那黄花叫什么名？”

老王不曾听到这句话，不做声。低头做事。

达士先生又说，“老王，那个从草坪里走来看庚先生的女人是什么人？”

听差老王一面收拾书桌一面也举目从窗口望去，“××女子中学教书先生。长得很好，是不是？”说着，又把手向楼上指指，轻声地说，“快了，快了。”那意思似乎在说两人快要订婚，快要结婚。

达士先生微笑着：“快什么了？”

达士先生书桌上有本老舍作的小说，老王随手翻了那么一下：“先生，这是老舍作的，你借我这本书看看好不好？怎么这本书名叫《离婚》？”

达士先生好像很生气地说：

“怎么不叫《离婚》？我问你，老王。”

楼上电铃忽响，大约住楼上的教授庚，也在窗口望见了经草坪里通过向寄宿舍走来的女人了，呼唤听差预备一点茶。一个从××寄过青岛的信——

达士先生：

你给我为历史学者教授辛画的那个小影，我已见到了。你一定把它放大了点。你说到他向你说的话，真不大像他平时为人，可是我相信你画他时一定很忠实。你那枝笔可以担保你的观察正确。这个速写同你给其他先生们的速写一样，各自有一种风格，有一种跃然纸上的动人风格，我读他时非常高兴。不过我希望你……因为你应当记得着，你把那些速写寄给什么人。教授辛简直是个疯子。

你不说宿舍里一共有八个人吗？怎么始终不告给我第七个是谁。你难道半个月以来还不同他相熟？照我想来这一定也有点原因。好好地告给我。

天保佑你。

瑗瑗

达士先生每当关着房门，记录这些专家的风度与性格到一个本子上去时，便发生一种感想："没有我这个医生，这些人会不会发疯？"其实这些人永远不会发疯，那是很明白的。并且发不发疯也并非他注意的事情，他还有许多必需注意的事。

他同情他们，可怜他们。因为他自以为是个身心健康的人。他预备好好地来把这些人物安排在一个剧本里，这自以为医治人类灵魂的医生，还将为他们指示出一条道路，就是凡不能安身立命的中年人，应勇敢走去的那条道路。他把这件事，描写得极有趣味的寄给那个未婚妻去看。

但这个医生既感觉在为人类尽一种神圣的义务，发现了七个同事中有六个心灵皆不健全，便自然引起了注意另外那一个健康人的兴味。事情说来希奇，另外那个人竟似乎与他"无缘"。那人的住处，恰好正在达士先生所住房间的楼上，从××大学欢迎宴会的机会中，那人因同达士先生座位相近，×校长短短的介绍，他知道那是经济学者教授庚。除此以外，就不能再找机会使两人成为朋友了。两人不能相熟自然有个原因。

达士先生早已发现了，原来这个人精神方面极健康，七个人中只有他当真不害什么病。这件事得从另外一个人来证明，就是有一个美丽女子常常来到寄宿舍，拜访经济学者庚。

有时两人在房子里盘桓，有时两人就在窗外那个银杏树夹道上散步。那来客看样子约有二十五六岁，同时看来也可以说只有二十来岁。身材面貌皆在中人以上。最使人不容易忘记，就是一双诗人常说“能说话能听话”的那种眼睛。也便是这一双眼睛，因此使人估计她的年龄，容易发生错误。

这女人既常常来到宿舍，且到来以后，从不闻一点声息，仿佛两人只是默默地对坐着。看情形，两个人感情很好。达士先生既注意到这两个人，又无从与他们相熟，因此在某一时节，便稍稍滥用一个作家的特权，于一瞥之间从女人所得的印象里，想象到这个女子的出身与性格，以及目前同教授庚的关系。

这女子或毕业于北平故都的国立大学，所学的是历史，对诗词具有兴味，因此词章知识不下于历史知识。

这女子在家庭中或为长女。家中一定是个绅士门阀，家庭教育良好，中学教育也极好。从×大学历史系毕业后，就来到××女子中学教书，每星期约教十八点钟课，收入约一百元左右。在学校中很受同事与学生敬爱，初来时，且间或还会有一个冒险的，不大知趣的，山东籍国文教员，给她一种不甚得体的殷勤。然而那一种端静自重的外表，却制止了这男子野心的扩张。还有个更重要的原因，便是北京方面每天皆有一个信给她，这件事从学校同事看来，便是“有了主子”的证明，或是一个情人，或是一个好友，便因为这通信，把许多人的幻想消灭了。这种信从上礼拜起始不再寄来，原来那个写信人教授庚已到了青岛，不必再寄什么信了。

这女人从不放声大笑，不高声说话，有时与教授庚一同出门，也静静地走去，除了脚步声音便毫无声响。教授庚与女人的沉默，证明两人正爱着，而且贴骨贴肉如火如荼地爱着。惟有在这种症候中两个人才能够如此沉静。

女人的特点是一双眼睛，它仿佛总时时刻刻警告人，提醒人。你看她，它似乎就在说：“您小心一点，不要那么看我。”一个熟人在她面前说了点放肆话，有了点不庄重行动，它也不过那么看看。这种眼光能制止你行为的过分，同时又俨然在奖励你手足的撒野。它可以使俏皮角色诚实稳重，不敢胡来乱为，也能使老实人发生幻想，贪图进取。它仿佛永远有一种羞怯之光；这个光既代表贞洁，同时也就充满了情欲。

由于好奇，或由于与好奇差不多的原因，达士先生愿意有那么一个机会，多知道一点点这两人的关系。因为照他的观察来说，这两人关系一定不大平常，其中有问题，有故事。再则女的那一分沉静实在吸引着他，使他觉得非多知道她一点不可。而且仿佛那女人的眼光，在达士先生脑子里，已经起了那么一种感觉：“先生，我知道你是谁。我不讨厌你。到我身边来，认识我，崇拜我，你不是个糊 涂人，你明白，这个情形是命定的，非人力所能抗拒的。”这是一种挑战，一种沉默的挑战。然而达士先生却无所谓。他不过有点儿好奇罢了。

那时节，正是国内许多刊物把达士先生恋爱故事加以种种渲染，引起许多人发生兴味的时节。这个女人必知道达士先生是个什么人，知道达士先生行将同谁结婚，还知道许多达士先生也不知道的事，就是那种失去真实性的某一种铺排的极其动人的谣言。

达士先生来到青岛的一切见闻，皆告诉给那个未婚妻，上面事情同一点感想，却保留在一个日记本子上。

达士先生有时独自在大草坪散步，或从银杏夹道上山去看海，有三四次皆与那个经济学者一对碰头。这种不期而遇也可以说是什么人有意安排的。相互之间虽只随随便便那么点一点头各自走开，然而在无形中却增加了一种好印象。当达士先生从那个女人眼睛里再看出一点点东西时，他逃避了那一双稍稍有点危险的眼睛，散步时走得更远了一点。

他心想："这真有点好笑。若在一年前，一定的，目前的事会使我害一种很厉害的病，可是现在不碍事了。生活有了免疫性，那种令人见寒作热的病皆不至于上身了。”他觉得他的逃避，却只是在那里想方设法使别人不至于害那种病。因为那个女人原不宜于害病，那个教授庚，能够不害那一种病，自然更好。

可是每种人事原来皆俨然被一只看不见的手所安排。一切事皆在凑巧中发生，一切事皆在意外情形下变动。××学校的暑期学校演讲行将结束时，某一天，达士先生忽然得到一个不具名的简短信件，上面只写着这样两句话：

学校快结束了，舍得离开海吗？（一个人）

一个什么人？真有点离奇可笑。

这个怪信送到达士先生手边时，凭经验，可以看出写这个信的人是谁。这是一颗发抖的心同一只发抖的手，一面很羞怯，又一面在狡猾地微笑，把信写好亲自付邮的。不管这个人是谁，不管这个写得如何简单，不管写这个信的人如何措辞，达士先生皆明白那种来信表示的意义。达士先生照例不声不响，把那种来信搁在一个大封套里。一切如常，不觉得幸福也不觉得骄傲。间或也不免感到一点轻微惆怅。且因为自己那分冷静，到了明知是谁以后，表面上还不注意，仿佛多少总辜负了面前那年轻女孩子一分热情，一分友谊。可是这仍然不能给他如何影响。假若沉静是他分内的行为，他始终还保持那分沉静。达士先生的态度，应当由人类那个习惯负一点责。应当由那个拘束人类行为，不许向高尚纯洁发展，制止人类幻想，不许超越实际世界，一个有势力的名辞负点责。达士先生是个订过婚的人。在“道德”名分下，把爱情的门锁闭，把另外女子的一切友谊拒绝了。

得到那个短信时，达士先生看了看，以为这一定又是一个什么自作多情的女孩子写的。手中拈着这个信，一面想起宿舍中六个可怜的同事，心中不由得不侵入一点忧郁。“要它的，它不来；不要的，它偏来。”这便是人生？他于是轻轻地自言自语说：“不走，又怎么样？一个真正古典派，难道还会成一个病人？便不走，也不至于害病！”很的确，就因事留下来，纵不走，他也不至于害病的。他有经验，有把握，是个不怕什么魔鬼诱惑的人。另外一时他就站过地狱边沿，也不眩目，不发晕。

当时那个女子，却是个使人值得向地狱深阱跃下的女子。他有时自然也把这种近于挑战的来信，当成青年女孩子一种大胆妄为的感情的游戏，为了训练这些大胆妄为的女孩子，他以为不作理会是一种极好的处置。

瑗瑗：

我今天晚车回××。达。

达士先生把一个简短电报亲自送到电报局拍发后，看看时间还只五点钟。行期既已定妥，在青岛勾留算是最后一天了。记起教授乙那个神气，记起海边那种蚌壳。当达士先生把教授乙在海边拾蚌壳的一件事情告给瑗瑗时，回信就说：

不要忘记，回来时也为我带一点点蚌壳来。我想看看那个东西！

达士先生出了电报局，因此便向海边走去。

到了海水浴场，潮水方退，除了几个会骑马的外国人骑着黑马在岸边奔跑外，就只有两个看守浴场工人在那里收拾游船，打扫砂地。达士先生沿着海滩走去，低着头寻觅这种在白砂中闪放珍珠光的美丽蚌壳。想起教授乙拾蚌壳那副神气，觉得好笑。快要走到东端时，忽然发现湿砂上有谁用手杖斜斜地划着两行字迹，走过去看看，只见砂上那么写着：

这个世界也有人不了解海，不知爱海。也有人了解海，不敢爱海。

达士先生想想那个意思，笑了。他是个辨别笔迹的专家，认识那个字迹，懂得那个意义。看看潮水的印痕，便知道留下这种玩意儿的人，还刚刚离此不久。这倒有点古怪。难道这人就知道达士先生今天一早上会来海边，恰好先来这里留下这两行字迹？还是这人每天皆来到海边，写那么两行字，期望有一天会给达士先生见到？不管如何，这方式显然的是在大胆妄为以外，还很机伶狡狯的，达士先生皱眉头看了一会，就走开了。一面仍然低头走去，一面便保护自己似的想道："鬼聪明，你还是要失败的。你太年轻了，不知道一个人害过了某种病，就永远不至于再传染了！你真聪明，你这点聪明将来会使你在另外一件事情上成就一件大事业，但在如今这件事情上，应当承认自己赌输了！这事不是你的错误，是命运。你迟了一年。……"然而不知不觉，却面着大海一方，轻轻地抒了一口气。

不了解海，不爱海，是的。了解海，不敢爱海，是不是？他一面走一面口中便轻轻数着，"是——不是？不是——是？"

忽然间，砂地上一件新东西使他愣住了。那是一对眼睛，在湿砂上画好的一对美丽眼睛。旁边还那么写着：

瞧我，你认识我！

是的，那是谁，达士先生认识得很清楚的。

一个爬砂工人用一把平头铲沿着海岸走来，走过达士先生身边时，达士先生赶着问："慢点走，我问你，你知不知道这是谁画的？"说完他把手指着那些骑马的人。那工人却纠正他的错误，手指着山边一堵浅黄色建筑物:“哪，女先生画的！”

“你亲眼看见是个女先生画的？”

工人看看达士先生，不大高兴似的说:“我怎不眼见？”那工人说完，扬扬长长地走了。

达士先生在那砂地上一对眼睛前站立了一分钟，仍然把眉头略微皱了那么一下，沉默地沿海走去了。海面有微风皱着细浪。达士先生弯腰拾起了一把海砂向海中抛去。“狡猾东西，去了吧。”

十点二十分钟达士先生回到了宿舍。

听差老王从学校把车票取来，告给达士先生，晚上十一点二十五分开车，十点半上车不迟。

到了晚上十点钟，那听差来问达士先生，是不是要把他行李先送上车站去。就便还给达士先生借的那本《离婚》小说。达士先生会心微笑地拿起那本书来翻阅，却给听差一个电报稿，要他到电报局去拍发。那电报说:

瑗瑗:

我害了点小病，今天不能回来了。我想在海边多住三天；病会好的。达士。

一件真实事情，这个自命为医治人类魂灵的医生，的确已害了一点儿很蹊跷的病。这病离开海，不易痊愈的，应当用海来治疗。